por que você dança quando anda?

Abdourahman A. Waberi

por que você dança quando anda?

tradução
José Almino

Tabla.

*Para minha mãe Safia, minha avó Jim'aa,
minha tia Gayibo e meu pai Awaleh.*

"As coisas que imaginamos que são as mais pessoais são as mais partilhadas."
CARL ROGERS

Tudo me veio à lembrança.

Eu sou essa criança que nada entre o presente e o passado. Basta que eu feche os olhos e tudo me vem à lembrança. Lembro do cheiro da terra molhada depois da primeira chuva, da poeira dançando nos raios de luz. E me lembro da primeira vez que fiquei doente. Eu devia ter seis anos. A febre me castigou uma semana inteira. Calor, suor e calafrios. Meus primeiros tormentos datam daquela época.

Uma madrugada no início da década de 1970, em Djibuti. A memória me leva sempre a esse ponto de partida. Hoje em dia, minhas lembranças estão menos turvas porque eu soube mobilizar esforços para recuar no tempo e pôr um pouco de ordem na confusão da minha infância.

Noite e dia a febre me fustigava dos dedos dos pés até a ponta do cabelo. Num dia, ela me fazia vomitar. No outro, eu delirava. Eu desconsiderava as palavras e os cuidados dispensados pela família. Julgava mal seus gestos. A minha dor e a minha pouca idade eram responsáveis por isso. A febre brincou com o meu corpo como as meninas do meu bairro com a única boneca de pano que possuíam.
Por seis noites e seis dias, eu tremi. Durante o dia, derramei toda a água do meu corpo estirado em minha esteira; depois, à noite no meu pequeno colchão, também estendido no chão. A temperatura subia ao cair da noite. Eu chorava mais alto. Chamava minha mãe para me socorrer. Impaciente, fervia de raiva. Não gostava quando ela me deixava só. Sob a varanda, os olhos grudados no teto de alumínio. Eu chorava à exaustão. Enfim, mamãe chegava. Porém eu não encontrava mais o menor conforto nos braços de minha mãe Zahra. Ela não sabia o que fazer comigo. Uma decisão, depressa, exigia a pequena voz que se apoderava dela naqueles momentos de pânico.
 E aí? Aí ela confiava o pequeno saco de ossos e de dor que eu era a quem aparecesse na frente dela.
 Quem? Quem?
 Rápido, implorava a pequena voz.
 Então ela me jogava como um pacote qualquer
nos braços da minha avó,
 ou nos da minha tia paterna Dayibo que tinha a idade da minha mãe,
 ou no colo de uma empregada que passava.
 Depois no colo de outra mulher,
uma tia,

uma parenta,
uma empregada,
ou então uma vizinha ou uma matrona que visitava minha avó.
Assim, eu passava de braço em braço,
de peito em peito.
Mas eu chorava sempre,
de dor
de raiva
por hábito, também.

O amanhecer chegava quase sempre sem que eu tomasse conhecimento. Eu caía de cansaço. Dormia um pouco, fungando, um sono agitado. Acordava quando os primeiros raios do sol esquentavam o teto de alumínio. Gritava de dor e de raiva, tremendo. E acordava todo mundo. Minha mãe se levantava de um salto, assoava o nariz longamente. Talvez ela não quisesse que eu a pegasse chorando. Nos seus olhos, eu percebia um raio de pânico que já havia surpreendido no seu rosto.
Lá fora, a cidade já estava animada. Eu escutava as crianças do Château-d'Eau, meu bairro, indo para a escola. Elas tinham um ar alegre, desobediente e barulhento. E eu estendido no meu colchão. Febril. Soluçando de novo.
Em vão, agitava meus braços esquálidos. Mamãe fungava em silêncio, com um novo raio de pânico nas pupilas. A saída que ela achava era me jogar nos braços da primeira pessoa que aparecia.

Os da minha avó,
ou aqueles da minha tia paterna,
ou nos braços da vizinha.
E depois de outra
e mais outra.
E o circo recomeçava.
O fungar baixinho, o medo pânico, o raio de um instante.
E eu passava de braço em braço.
como um feixe de lenha.
Por que mamãe me detestava tanto?

Essa era uma pergunta que eu não ousava fazer para mim mesmo. Só mais tarde ela se introduzirá nos meus pensamentos.
Se instalará no meu coração. E cavará seu buraco negro.

Todas as manhãs, mamãe me confiava a minha avó, que na adolescência apelidei de Cochise, em homenagem a um célebre chefe indígena.

A avó, portanto.

Era ela o chefe supremo da família. Como uma guerreira apache, fazia valer a lei de ferro sobre suas tropas dispersas. Quase cega, vovó Cochise se quedava ereta e imóvel, atrás de um véu invisível para os outros. Era uma mulher robusta de traços finos, mirrada pela velhice. Tinha a audição, o paladar e o olfato melhores que os de todo mundo. Sua testa era devastada por rugas, sua face mais amarrotada que a pele de um camaleão. Suas sobrancelhas se franziam assim que ela escutava minha voz fina. Tinha o faro de um cão perdigueiro e me farejava antes de me reconhecer. Bastava ela estender os braços e me agarrar pela pele da nuca como uma gata faz com seu gatinho. Sem esforço, ela me punha no colo. E eu só podia fazer uma coisa: agarrar-me a ela para me acalmar. Não devia me mexer nem derramar uma lágrima. Mas era impossível. Eu havia nascido com os olhos úmidos e vermelhos. Não resistia muito tempo. Implacável, a sanção caía sobre meus ombros. Cada fungado era seguido de um olhar sombrio e ameaçador. Cada choro, de uma reprimenda. Depois, de golpes de bengala na cabeça, nas clavículas, nos calcanhares. Com um golpe seco, ela sabia me fazer gritar de dor. Eu soluçava, soluçava até sufocar. Os dias se sucediam e eram iguais, naquela época. Eu continha a respiração. Eu lançava meu espírito bem longe como um laço. De cansaço, caía no meio da manhã e enfim adormecia. Os olhos da avó se fixavam nos raros transeuntes cujos passos ela intuía muito antes de eles chegarem até nós. Aqueles homens e mulheres não deixavam de cumprimentar a matrona, que balançava a cabeça depois de cada saudação.

O passante: Como vai o pequeno?

Ela: O Clemente vela por ele; hoje não temos do que nos queixar.

O passante: E os seus velhos ossos?

Ela: Se eles estalam é porque estão vivos.

O passante: Pelos Anjos do Céu, a senhora vai enterrar a todos nós, não é verdade?

Ela: Pode contar com isso.

A tigela de mingau que eu havia ignorado ficava de lado ainda por algum tempo. Quinze minutos depois, fazia a felicidade de algum menininho ou de alguma menininha da vizinhança. Por essa vez, a Avó, solicitada por uns e outros, não me repreendia. Aproximadamente às dez da manhã, a agitação no bairro mudava de patamar. Mamãe chegava do mercado. Ela pegava um tamborete e se aproximava da velha para lhe dar notícias de um parente convalescente, transmitir um recado do imã do bairro ou se queixar do aumento do preço da carne. Vovó a escutava. Nada parecia afetá-la.

Eu não tinha direito a um só olhar de minha mãe. Encolhido aos pés de Vovó Cochise, eu tremia de febre. Sentia rancor daquela mãe que mantinha distância de meu pequeno corpo raquítico na esteira. Tentava me acalmar para dar razão a minha avó e perturbar ainda mais mamãe. Contemplava de um ponto de vista próprio os passantes na rua. Tinha uma vista incrível de uma paisagem singular: as unhas atrofiadas dos dedos dos pés de minha avó.

Eu estava com 45 anos quando você entrou na minha vida, Béa. Filha do desejo, você esperou o tempo necessário antes de vir ao mundo com grande fanfarra.

Quando criança, eu jamais havia tido animal de pelúcia, de palha ou de papelão. Não era um bebê sadio, forte e bem nutrido como você. Era magro e doentio. Para que eu parasse de chorar, só havia uma solução. Minha mãe fez esta descoberta por um acaso extraordinário. As grandes descobertas científicas, como a aspirina ou a pasteurização, são filhas do acaso, sabe-se lá por quê. Uma noite em que estava cansada de me ouvir gemer, minha mãe me imergiu na água fria de uma bacia branca na varanda. Hoje revejo a cena com certa emoção. Ao relatá-la, calafrios agitam meu corpo todo. As lágrimas quase me vêm aos olhos.

Antes de ser posto na bacia, eu havia tido a impressão de sufocar, a garganta fechada. O que se seguia terminava sempre da mesma maneira: eu tremia de frio, a água fresca amaciava minha pele. Se minha mãe havia chegado a essa solução radical, é que ela recorrera a todos os estratagemas possíveis sem conseguir acalmar o bebê chorão que eu era. À noite, antes de me deitar na minha pequena esteira, ela me contava toda sorte de histórias. Contos sobre meninos obedientes, outros sobre animais dóceis ou plantas afetuosas. As histórias se encadeavam. Nós éramos os dois únicos seres a se agitar enquanto toda a cidade dormia à solta.

Quando você nasceu, Béa, um detalhe me chamou a atenção: você tinha orelhas grandes, um pouco como Barack Obama. Seu pequeno rosto era marcado por seus grandes cílios. Você se mexia muito. Tremendo, examinei seus membros. Graças a Deus você era saudável.
Sob o efeito da dor, ainda meio inconsciente, sua mãe rompe enfim as brumas que a envolviam para me perguntar o sexo do bebê.
Eu, orgulhoso como um pavão: "É uma menina!".
E você gritou pela segunda vez.
Você se esgoelava por qualquer motivo.
Fazia questão de que sua mãe e eu comêssemos na palma da sua mão. Em matéria de mistura explosiva, você é campeã em todas as categorias. Ao sangue suíço-milanês de sua mãe, acrescente-se meu sangue africano, que não é nada preguiçoso, porque todos os meus antepassados eram nômades e, ainda hoje, eles continuam a ganhar de todo mundo na corrida a pé.

Aos quatro anos você era uma garotinha sorridente, curiosa e dinâmica. Você se esgoelava por qualquer motivo. Olhos úmidos, Margherita chocava você com um amor expansivo e mediterrâneo. Com ela, você passa facilmente do riso às lágrimas, dos gritos às canções. Juntas, vocês formam uma dupla. É um carnaval permanente. Entre os ímpetos de sua mãe e sua animação, tento achar um meio-termo, calmo e regular como o curso de um rio batavo. Nunca consigo. Nesses casos, só me resta a birra. Fico amuado, mas logo duas vozes se unem para me tirar desse estado.

Quando eu não estava viajando pela província ou pelo exterior, era a mim que cabia o privilégio de levar você à escola. E era eu que ia buscar você na escola no fim da tarde. Eu apreciava muito aquele tempo só nosso, aqueles quinze minutos de trajeto de ida e de volta. Já de manhã, você começava a fazer perguntas. Diabinha de saia, parecia esquecer que sou lento. Sobretudo de manhã. Eu precisava de algum tempo para atingir o nível da sua conversa. Com quatro anos, você não tinha papas na língua. A agitação da cidade não interferia em nossa conversa particular. Estávamos a sós no mundo. Eu tinha olhos apenas para você, Béa. Ouvidos apenas para a nossa conversa. Uma conversa que você animava com canções e risos, de acordo com o seu humor do momento.

— Papai, medicina é um médico mulher?
— Mmm...
— A minha amiga Laetitia, ela diz que é...

Atravessávamos um pedaço do 10º distrito e três ruas depois chegávamos ao 9º. Quase todos os dias, encontrávamos os mesmos pedestres apressados, os mesmos comerciantes chineses lavando a soleira de seus bares-tabacarias, as mesmas crianças em seus carrinhos, os mesmos adolescentes de patinete. Aos seus olhos, tudo podia se animar como num passe de mágica. A menor coisa atraía sua atenção, tão viva desde que você saltava da cama. Animada, primeiro acenava para os soldados com a mão e depois gritava "Oi, soldados!" para os quatro homens de guarda, de uniforme de combate e metralhadora em punho que percorriam, marchando a passos largos, a rua que conduzia à sinagoga do bairro. Os soldados respondiam às suas saudações. De repente pressentíamos uma impaciência às nossas costas. Alguns passantes franziam a testa, outros se mostravam incomodados porque íamos andando devagar no nosso pedaço de calçada, em vez de andar na cadência frenética deles. Por que apressar o passo se tínhamos a vida inteira pela frente? Agarradas a seus celulares, aquelas pessoas esbarravam em todo mundo tanto na rua como nos corredores subterrâneos do metrô. Em algumas manhãs estávamos despreocupados e tagarelas, em outras, estranhamente silenciosos. Esses momentos de cumplicidade eram o maior privilégio do dia.

Certa manhã, eu ia levando você para a escola, você me fez uma pergunta com o máximo de atenção e de afeição na voz. Sem prejulgar o objeto da interrogação, eu sabia que aquela pergunta devia ter muita importância para você. E sem dúvida para mim também.
Você fez uma pausa demorada, administrando um longo silêncio que era sinônimo de suspense. Dentro de mim, uma pequena brisa de impaciência começava a apontar. Eu tentava parecer natural. Nenhuma palavra estava autorizada a sair da minha boca enquanto você se mantivesse em silêncio. Estávamos perto da sua escola. Uma passagem para pedestres, depois uma estação Vélib de compartilhamento de bicicletas, e era só atravessar o cruzamento, caminhar pela rua e entrar no prédio com portão azul-brilhante. Lá dentro, os pais frequentemente se surpreendiam com o tamanho modesto do pátio pavimentado, mas também com a brancura das paredes, que dava ao edifício uma aparência elegante.

Da impaciência eu começava a me dirigir para as praias da inquietude. Depois do silêncio você sorriu para mim, como para interromper minha angústia nascente. De repente, com uma certa brutalidade, perguntou:

— Papai, por que você dança quando anda?

— Hmmm...

Minha surpresa não era fingida. Você voltou ao ataque.

— Isso, isso.

Não tive energia para protestar.

— Você dança assim quando você anda, está vendo?

E você, juntando o gesto à palavra, saracoteou na minha frente. Eu tentava pôr ordem nos pensamentos. Aquilo me tocou. Eu tinha uma espécie de véu de umidade diante dos olhos. E a clara impressão de que as paredes de Paris faziam suas palavras ecoar nos meus ouvidos. Eu sentia uma ponta de crueldade em sua voz, Béa. Os antigos nômades que compõem minha árvore genealógica dizem que a verdade sai da boca das crianças e a gratidão, dos olhos da vaca que acaba de parir. Esse provérbio, que até então eu achava idiota, nunca me pareceu tão exato quanto naquela manhã. Você, minha filhinha, você me remetia à verdade com uma dose de afeição não desprovida de firmeza.

Suas palavras continuavam a rodar na minha cabeça. Eu não podia mais me esquivar.

Ao encetar a última linha reta que leva a sua escola, cumprimentei com a cabeça um dos pais. Você me puxou pela manga do paletó para me mostrar que havia reconhecido o pai apressado. Meu cérebro acabava de dar uma volta para voltar à sua pergunta. E me perguntei por que danço há todos esses anos, quando só havia uma coisa a fazer.

Uma coisa,
uma só.
Andar,
andar direito,
como todo mundo.

No momento em que eu empurrava a porta da escola, você deve ter sentido o meu tormento, porque voltou ao nosso diálogo num tom mais leve.
— Papai, você sabe andar de patinete?
— Não sei... nunca tentei.
— Papai, você sabe andar de bicicleta? Como a mamãe!
— ....
— Eu sei andar de bicicleta. Nunca vi você numa bicicleta.

A velha foto amarelada pelo tempo foi ideia de Margherita. Ela queria que eu apresentasse meus pais e meus avós a você. Um belo presente para seu aniversário de cinco anos. E você fez sua parte. Passou em revista todos os personagens. Não me surpreendeu quando disse: "Papai, você viu? Sua mãe tem pernas curtas". Foi esse mesmo o seu primeiro comentário? Nada mais a destacar depois do exame atento da velha foto. *D'accordo*, como diria a inventiva da sua mãe, devo reconhecer que você não está errada quanto à estatura da minha mãe. Quando eu era pequeno, tinha um problema com isso. Passei anos dizendo para mim mesmo que poderia ter sido grande e forte como um viking se minha mãe não estivesse mais próxima de um pigmeu que de um viking. Todas as noites eu saltitava dez minutos antes de me deitar, porque Kassim, um bobão de nove anos da rua Paul-Fort, havia me dito que as árvores utilizavam essa técnica para chegar perto do céu. Meus saltos de cabrito não tiveram efeito. Ao crescer, tive que engolir esse sapo e muitos outros. Você vai ver, Béa, um dia ou outro você terá que fazer a mesma coisa. Essa foto foi apenas o primeiro passo. Você queria conhecer seus antepassados. E tinha razão. Você insistia dia e noite para que eu falasse dos meus pais.

Vou contar para você sobre o país da minha infância. E você vai ficar conhecendo todas as histórias que marcaram meus primeiros anos. Vou lhe falar dos meus velhos pais. Vou lhe falar do meu passado e responder à sua pergunta. Vou lhe falar do deserto em movimento ao redor de Djibuti, minha cidade natal. Vou lhe falar do Mar Vermelho. Vou lhe falar do meu bairro e de seus casebres com teto de folhas de alumínio. Talvez você pense que ele é pobre e sujo e talvez não ouse me confessar isso. A última vez que estive lá ele era de fato muito sujo. Nos becos da minha infância não havia tantas porcarias de plástico.

Na foto, quem você reconheceu primeiro? Zahra, minha mãe e sua avó. Sei que você a viu pela primeira vez numa fotografia. Depois a encontrou em carne e osso na casa do meu irmão caçula, Ossobleh, seu tio de Bordeaux que você adora. Você tinha o quê, dois anos e meio? Ela estava sem alguns dentes na boca? Sabe, por muito tempo aquela mulher foi minha única motivação na vida. Meu amor e meu terror também.

De repente, você arrancou a foto das minhas mãos para aproximá-la da sua carinha rechonchuda. Depois de seus olhos, como se quisesse aumentar num microscópio cada linha, cada grão da pele dos meus pais. Acho que vi uma lágrima no seu queixo. Você acariciava o rosto do meu pai.

Papai la Tige, como eu o chamava quando criança, permanecia ali íntegro e firme como a justiça. Digno e belo. Com seus trinta anos. Um bigode fino da época. Vestia uma calça cáqui bem passada e camisa de manga comprida. A ausência de cor esmaecia a estampa quadriculada da camisa abotoada e ao mesmo tempo ressaltava os dois vincos da calça que desciam até o sapato de um preto brilhante, iluminado por algumas manchas esbranquiçadas. Nuca ereta, traços do rosto descontraídos, os olhos do meu pai fixavam a objetiva. Sem dúvida havia obedecido ao fotógrafo do bairro, habituado a registrar em película as pequenas e grandes alegrias da vida de todos os dias. Você observa que o sorriso dele não é aberto. Como lhe explicar que na época do seu avô não havia selfies nem redes sociais, que as pessoas ficavam em poses solenes, como de primeira comunhão, diante do fotógrafo encurvado? Se o seu avô tivesse tido a ideia absurda de fazer caretas no estúdio do fotógrafo, seria dispensado na hora e o fotógrafo lhe diria para ir fazer macaquices para um concorrente. Por isso ele havia se vestido formalmente para posar diante do fotógrafo. Não de peito nu nem de short ou de sandálias. Nos países quentes, as pessoas se vestem da cabeça aos pés. Somente os ocidentais ficam nus quando sentem o sol esquentar um pouquinho seu couro.

Papai trabalhava muito.
Longe de nossa casa.
Longe da cidade indígena.

Ele vendia bibelôs aos franceses e aos raros turistas estrangeiros. Sua pequena loja abarrotada de estatuetas, tapetes marroquinos, cestos e outros artigos de cestaria ficava no Distrito 1, no limite da verdadeira cidade administrativa e comercial. A cidade alta e branca. Nessa parte de Djibuti havia na época um grande hospital dotado de todos os serviços, inclusive de um necrotério. Brancos, árabes e negros como nós se acotovelavam, andando lado a lado na rua. À frente de toda essa gente havia um branco que chamavam de Alto-Comissário. Ele vestia um traje branco decorado com uma pequena fita vermelha e azul, para que todos entendessem bem que ele era o grande chefe. Não apenas chefe dos brancos, mas igualmente dos árabes e dos negros africanos como a nossa família. Eu entendi tudo isso anos depois, assim que cruzei o portão do colégio de Boulaos.

Tarde da noite, papai chegava do trabalho. Assim que ele cruzava a porta, minha avó Cochise se levantava de um salto e pronunciava seu nome esticando-o como um fio elástico.

Aaaammmmiiiinnnneeee!

Como se ela soltasse de uma vez todas as palavras que havia economizado durante o dia. Era também sua maneira de nos dizer que agora estava tranquila e iria dormir logo mais. Como um chefe apache, ela soava o clarim que anunciava o fim de todas as atividades.

Vovó sentia enorme orgulho de seu filho Amine, apesar de tentar esconder esse sentimento que escapava a seu controle, no mais bastante eficaz. Naquela época eu não sabia que minha avó era capaz de sentir admiração por alguém que não fosse o Profeta barbudo e os velhos totens de nossos antepassados.

Tarde da noite, também eu ficava à espreita da chegada de meu pai. Esperava-o como ao Messias. Um messias familiar e motorizado.

Por fim, eu o ouvia chegar,
como num sonho.
Papai la Tige não estava mais distante.

A chegada de meu pai era anunciada por uma série de ruídos muito distintos uns dos outros. No frescor da noite, dava para escutar a quilômetros o matraquear da sua mobilete Solex. Depois vinha o chiado dos freios, que inundava de alegria meu pequeno coração choroso. Em seguida seus passos ecoavam no pátio. Os barulhos do banheiro chegavam claramente até mim. O barulho de sucção dos canos de plástico conectados à torneira. A água que escorria em jatos na bacia e fazia toc-toc-toc. Papai tomava sua chuveirada depois de um longo dia e um início de noite de trabalho.

A presença de meu pai pacificava todo mundo. Depois de gritar o nome dele, minha avó recaía em seu habitual estado de estupor. Minha mãe prosseguia suas atividades no canto que servia de cozinha e que cheirava a gasolina. Saía de lá com um prato de feijão com tomates ou com uma sopa de grão-de-bico nadando em manteiga clarificada. Por volta das dez da noite, mamãe pousava delicadamente o prato de feijão e a baguete diante do tamborete onde meu pai ia sentar depois do banho. Na minha lembrança, eu o vejo desconfortável em seu tamborete, mais apropriado a um adolescente. Revejo Papai Amine cortando a baguete ao meio, com uma das mãos segurando um pedaço e baixando a outra para debaixo do tamborete. Pernas bem afastadas, os joelhos acariciavam suas bochechas enquanto as costas se mantinham bem eretas.

Meu pai, você entendeu Béa, era alto e seco. Ele dizia que era quase tão alto quanto o general de Gaulle e que minha mãe era menor que a a esposa dele, a quem os franceses chamavam carinhosamente de tia Yvonne. Meu pai acrescentava que conhecia muita gente que, também na nossa terra, dedicava uma afeição sem limites à sra. de Gaulle. E ele lhe ensinaria, se você tivesse a sorte de saltitar no colo dele, que os *gaullistes* da nossa terra eram, na época, tão numerosos quanto as grandes pedras negras do deserto do Djibuti. Às vezes esses *gaullistes* se sentiam mais franceses que os franceses da França, e no entanto nunca tinham visto a torre Eiffel nem vestido o uniforme dos ex-combatentes. Sentiam-se filhos e filhas do TFAI e se diferenciavam com orgulho daqueles que no país haviam recebido o status de residentes temporários e que vinham de países vizinhos como Somália, Etiópia ou Iêmen. Esses eram legalmente estrangeiros, e os militares podiam expulsá-los de um dia para o outro. E nós, acrescentava seu avô, nós somos os verdadeiros filhos do TFAI e temos a sorte de poder legar nosso status aos nossos filhos e aos filhos dos nossos filhos.

TFAI era o nome do nosso país na minha infância. Território Francês dos Afars e dos Issas.

Primeiro você viu sua avó Zahra em fotografia, depois teve a felicidade de estar com a minha mãe das pernas curtas, como você a chama, com malícia. Amine la Tige, seu avô falecido, você conheceu virtualmente. Surpreendeu-se com o velho ciclomotor matraqueante dele? Por fim minha avó, que fazia o tipo da grande chefe indígena. Dela não ficou nenhuma foto, por isso você vai ter que imaginar seus traços. O nariz aquilino dela pode lhe servir de inspiração.

Eu lhe falei desses três seres sugerindo aqui e ali, um cheiro, uma sensação ou uma palavra que me chegavam do país da infância. Conversando com você, me dou conta de que tudo se faz presente de maneira sensível e vivaz. Como num filme no qual as cenas se desenrolam de maneira desordenada. O fato de a história contada pelo filme começar no fim ou na metade de um episódio não altera a qualidade das minhas lembranças. Tenho as imagens nitidamente impressas no cérebro.

O cheiro do pai, por exemplo,
mistura de suor, benzina e tabaco frio.
Sem esquecer os ruídos da noite.
Ou o fru-fru das borboletas.
Ou a dança do *gecko* sob a luz pálida do néon suspenso no centro do pequeno pátio.

Todas as noites o *gecko* estava lá, fiel ao encontro, dançando para mim ou dançando porque é a única coisa que sabe fazer.

Ele dançava enquanto eu chorava longe dos braços da minha mãe.

Dizem que toda pessoa guarda um segredo.
Todo segredo tem sua chave.
Cedo ou tarde ela aparecerá diante dos seus olhos.

Revejo meu pai saindo do banheiro. Um cômodo sombrio e exíguo com um buraco no meio; chamavam isso de banheiro turco, sabe-se lá por quê!

Era sempre a mesma história. Papai saía do banheiro. Seus passos estavam mais leves, ele havia tirado o sapato preto e calçado uma sandália de pele de cabra como as que usavam antigamente nossos antepassados nômades. Finalmente eu ouvia o som da voz dele. Um baixo contínuo. Doze ou quinze minutos antes, ele havia anunciado que iria "se molhar"; era sua expressão para "se lavar". Refrescado e de torso nu, ele voltava em silêncio.

Meu coração batia desabalado.
Eu queria que ele se debruçasse sobre mim.
Para acariciar meu rosto.

Acalmar minhas angústias.
Tomar-me em seus braços vigorosos.
Murmurar algumas palavras no meu ouvido.
Confiar-me alguma coisa, um segredo talvez.

"Vem, papai... vem, papai!"
"Vem logo, papai!"
Meu apelo não produzia efeito algum. Seu silêncio decuplicava minha raiva. Alguns passos depois, ele olhava uma última vez, rapidamente, para seu relógio Seiko. Entrava no quarto conjugal. Depois deixava-se cair na sua enorme cama. E logo dormia. Roncava. Eu caía no choro.

Minha mãe brigava comigo. Dizia que eu não devia incomodar meu pai com minhas choradeiras, meus caprichos e meus suspiros. Mas eu não escutava ninguém. A começar por ela.

As lágrimas escorriam sozinhas.
Minha garganta se contraía sozinha.
Eu tinha os olhos vermelhos desde sempre.
Eu precisava chorar, só isso!

O último personagem, Béa, está na sua frente. Não há necessidade de uma velha foto sépia. Temos centenas de fotos suas e minhas guardadas na memória do computador da família e disponíveis em dois ou três cliques.

Vou me apresentar apenas pela forma ou, digamos, para habitar melhor meu papel de narrador. Eu meu chamo Aden Robleh. As crianças do bairro me chamavam de

Magricela ou de Aborto. Por muito tempo essas zombarias me serviram de documento de identidade. Esse passado foi minha prisão. De agora em diante, quero distância dele. Libertar-me. Esse passado voltou a mim tão vivo porque você fez uma pergunta que há muito me tocava profundamente. Por isso eu o divido com você, minha doce Béa. Ele estava demorando a vir à tona. A sair da bruma da madrugada. Hoje não é mais o caso. E é preciso que eu agradeça a você. É preciso que eu agradeça também ao Senhor e a Satã. Tanto um como outro embalaram minha infância. Vovó Cochise rezava copiosamente para que o primeiro me livrasse das garras do segundo. "Essa febre toda. Esta criança não é verdadeiramente como as outras!"

Eu me chamo Aden porque era o primeiro filho da família Robleh. Por um bom tempo, o único filho. Durante sete anos, antes da chegada de Ossobleh, meu irmão caçula, fui o príncipe do reino, mas não sabia. Eu não passava de uma bola de dores, lágrimas e prantos. Medos densos como bosques povoavam minhas noites. Na cidade da minha infância havia muito sol e muita poeira. Eu não suportava as abrasões do sol, e a poeira devastava meus pulmões asmáticos.

Por muito tempo gemi sob os insultos e as zombarias. Eu não sabia me defender. Não tinha forças para tal. Todas as crianças sabiam disso ou, melhor dizendo, constatavam o fato imediatamente. Saltava aos olhos. Eu me mantinha à parte. Medroso, tímido, não me sentia inteiro como os outros, que não hesitavam em me escorraçar. Deviam achar que meu esqueleto era de gesso. Alguns imaginavam que eu carregava nos ombros um segredo muito pesado. Os mais audaciosos me faziam perguntas malucas, eu me conformava em fungar calado. Nessa época, sem razões médicas, eu era fraco e febril.

Era da minha natureza.

Ficava em guarda.

Mas era animado por uma força irresistível que escapava ao espírito infantil das outras crianças. Eu só tinha olhos para a professora, só tinha ouvidos para ela. Ela punha em órbita todo o meu ser mal-ajambrado.

Por um sorriso de Madame Annick, eu estava disposto a tudo.

Erguer a cabeça, correr pelo pátio, arriscar a pele.

Enfrentar os piores baderneiros da escola de Château-d'Eau, o centro sísmico do meu bairro. Na época, o termo "bairro" só se aplicava a nós, os locais, que vivíamos na cidade baixa, a cidade africana onde se amontoava a maioria dos 250 mil habitantes do TFAI.

Repito, Madame Annick monopolizava toda a minha atenção.

Madame Annick era uma francesa.

Mas atenção, uma francesa da França.

Uma francesa da França, loura de olhos cor de esmeralda.

Uma francesa da bela França, rica, verde e chuvosa, que não tinha nada a ver com o nosso território da França, que não era rico nem verde, mas quente, seco e rico em pedras negras. Nós éramos pequenos franceses que nunca haviam visto a França. Sim, Béa, tenho certeza de que hoje deve parecer muito estranho, nestes tempos do turismo em massa, mas antigamente era assim. Com cinco anos, você já tinha viajado de avião umas 25 ou trinta vezes. Mas no TFAI, com exceção dos militares de carreira e dos soldados do contingente, os nativos raramente viajavam de avião. Por isso eu achava Madame Annick bem diferente de nós.

E antes de mais nada, ela morava numa casa de verdade, de tijolos, ou então num edifício situado no platô do

Heron, na parte mais moderna da cidade. A parte alta pertencia aos franceses da França, a parte de baixo aos locais.

Madame Annick teve que deixar o Território no ano em que completei doze anos, que coincidiu com a independência, celebrada em junho de 1977. Um dia, na saída da escola, eu quis seguir Madame Annick. Só para ver. Passei vários dias preparando vários estratagemas, mas fui surpreendido por uma dificuldade insuperável. O obstáculo estava ali, debaixo dos meus olhos, Béa, e por uma estranha razão eu não havia me dado conta. A professora ia embora dirigindo seu pequeno automóvel. E ninguém do meu entorno possuía carro. Meu pai era o único no nosso setor que dispunha de uma mobilete, mas ele voltava para casa tarde da noite e não permitiria que alguém deixasse a escola de Château-d'Eau para seguir Madame Annick, chegando à parte alta da cidade pela rua dos Issas e pela praça Arthur Rimbaud. Com um pouco de sorte, Madame Annick devia morar na orla e, nesse caso, ela quem sabe contornasse a praça Rimbaud pelo bulevar des Salines. Do ponto onde ela morava, no Platô du Serpent ou no Platô du Marabout, ela ouvia as ondas estourando sobre os rochedos. Se morasse no Heron, eram as mesmas ondas, porém do outro lado da baía. No Platô du Marabout, ainda outras ondas, tão semelhantes e tão diferentes. O setor habitado pela nata dos franceses era bem singular. Chamava-se Quartier Brière-de-L'Isle e reunia as casernas do 5º Regimento Conjunto de Além-Mar, baseado no nosso país, no Djibuti. A única vez que estive lá foi por volta de 1979, 1980, quando completei catorze anos, e saí de lá fascinado. Eu ignorava que até alguns anos antes os nossos parentes não podiam circular por lá à noite, a não ser que trabalhassem como seguranças, jardineiros ou cozinheiros. Nesses casos dispunham de um passe devidamente assinado por seu empregador.

Naquela época, ninguém além de Madame Annick contava aos meus olhos.

Seus olhos eram da cor da esmeralda como a água de uma piscina limpa. Olhos diáfanos como um céu de tempo claro.

Seu cabelo louro podia ficar eriçado no crânio, então ela o achatava com cremes e pomadas. Tinha mechas rebeldes, dizia, suspirando no pátio. Não era o que acontecia conosco, os nativos. Nenhum de nós tinha mechas rebeldes. Nem mesmo Askar, o louco do bairro. As grossas tranças enroladas dele eram cobertas de sujeira, como se as crianças tivessem derramado todo o conteúdo do depósito de lixo do Hotel Ménélik em sua cabeça e cuidassem de repetir essa operação todos os dias da semana.

Madame Annick costumava usar uma blusa de cor chamativa e uma saia cor de areia, presa por um cinto fino e preto. Usava um anel de ouro e pulseiras de prata que se entrechocavam quando ela movia os braços queimados de sol. Quando ela andava pela sala, eu admirava suas pernas sólidas. Devorava com os olhos suas panturrilhas de curvas bem desenhadas, sua meia branca e confortável. Nela, tudo estava admiravelmente no lugar.

O dorso curvado, a cabeça ligeiramente levantada, as palmas das mãos apoiadas na mesa: nesta posição Madame

Annick começava o dia na escola. Conto resumidamente a cena da chegada ao pátio. Os empurrões, os insultos, às vezes cusparadas, que eu limpava discretamente sem olhar nos olhos do garoto que havia cuspido. Depois o diretor ia para o meio do pátio e puxava a corda, fazendo ressoar um som forte e metálico que mais de quarenta anos depois ainda ecoa nos meus ouvidos. Em seguida, formávamos uma fila indiana. Ficávamos em silêncio esperando a professora nos convidar a entrar na classe. Sempre um atrás do outro e na mais estrita calma. Ela começava a manhã pela chamada. Meu coração batia cada vez mais forte à medida que as letras do alfabeto iam passando.

Agora ela recitava os nomes que começavam com L, M, N, O e P, e eu era tomado por uma febre de excitação. Meu corpo se debatia sozinho, da frente para trás, como um hamster prisioneiro na gaiola. Eu ouvia os cliques das mochilas que se abriam em cadência. A escola era um santuário. Eu me sentia protegido pela professora. Eu me sentia honrado por ser chamado por Madame Annick.

— Rabeh!
— Ragueh!
O mundo parava de girar.
Era minha vez.
— Robleh!
Nenhuma palavra saía de minha boca. Madame Annick levantava a cabeça. Seu olhar cruzava o meu.
Era a minha libertação.
— Aden Robleh!
— Presente, senhora.
Eu voltava a respirar.

Meu corpo pequeno e magricela relaxava enfim. O dia na escola não poderia começar melhor.

Eu nunca soube por que Johnny havia me humilhado na frente de todo mundo no primeiro dia de aula. Mamãe tinha me vestido com uma roupa adorável de menino pequeno. Camisa branca de mangas azuis. Short cáqui. Sandália e meia cor de sangue de boi. Talvez Johnny não tivesse gostado da minha meia. Ou talvez quisesse transmitir a todos os estudantes a mensagem de que naquele ano ele seria ainda mais impiedoso que nos precedentes. Mas por que fora eu a vítima sacrificada? Jamais saberei, Béa.

Primeiro dia de aula. A algazarra do recreio havia desregulado minha bússola interna. As outras crianças saíam correndo da classe em todas as direções. Trocavam insultos, amaldiçoando a mãe de um e a avó do outro. Eu me mantinha afastado. Ninguém vinha brincar comigo, e estava muito bem assim. Os professores conversavam na sala de reunião. Madame Annick saíra para cumprimentar o diretor e seus colegas no escritório dele, onde se podia admirar um mapa da França no qual cada departamento e cada território era representado por uma cor diferente. Examinando aquele mapa ao longo dos anos, Béa, como você escrutinando as fotos antigas da sua família paterna, aprendi nomes estranhos, que ressoavam em meus ouvidos de estudante CE1: Alsace. Auvergne. Charente-Maritime. Guadeloupe. Réunion... sem esquecer nosso querido TFAI. Nesse dia, a conversa na sala de reunião se arrastava mais que habitualmente porque os adultos contavam episódios das férias ou trocavam instruções pedagógicas. E o recreio se estendia. Eu esperava impaciente a campainha tocar. Mas nada acontecia a respeito.

De repente me deu vontade de atravessar o pátio correndo. Assim eu aproveitaria para admirar os frutos da jujubeira que haviam caído e que ninguém pensara em recolher porque sem dúvida estavam secos e incomíveis. Depois, ao ver o bando que se instalara no meio do pátio, renunciei ao meu temerário projeto. A campainha demorava a tocar. Reunindo toda a minha coragem, comecei a correr na direção da jujubeira. Entre as árvores verdejantes e o pátio coberto de onde eu tinha partido, havia o bebedouro, bem atrás da classe dos CM2, os alunos maiores da escola, a cargo do sr. Émile Trampon, que exercia também a função de diretor. De repente, Johnny surgiu de trás da classe dos CE2, correndo na minha direção. Meu coração batia tão forte que eu o sentia trepidar na caixa torácica.

O que ia acontecer comigo? Você também deve estar se fazendo essa pergunta, Béa. Ele queria apenas matar a sede, como eu? Ou aquele bandido tinha outra ideia na cabeça?

Eu estava bem perto do bebedouro, Johnny também. Deu tempo de sentir a respiração dele na minha nuca. Deu tempo também de ver seu olhar ligeiramente assimétrico e seu sorriso assassino. Agora ele estava às minhas costas. Contornou-me bem devagar. Ele me deixaria passar, pensei. Eu teria apenas que me curvar sobre a torneira e beber a água recolhida na palma da mão direita. E foi a minha cabeça que bateu contra a torneira. O sangue jorrou em abundância, misturando-se com a água. Os adultos acorreram. Alguém me levantou. Eu chorava copiosamente. O supercílio aberto, lado direito do rosto e nariz esfolados. Meu joelho sangrava muito. Eu me contorcia de dor. E de aflição também. Não era mais a pancada que me preocupava, mas a violência da minha queda provocada pela rasteira dele. E, sobretudo pelo espetáculo da minha humilhação logo no primeiro dia de aula.

Aquela queda iria me perseguir por muitos anos. Johnny, meu carrasco, ficou muito satisfeito consigo mesmo. Com seu papel de quebra-pernas reafirmado, não tinha por que se preocupar com sua coroa. E eu continuava fraco e dócil. O ano todo sobressaltado, eu me assustava ao ouvir o som da voz dele precedendo seu riso nojento. Eu fazia de tudo para me esquivar de seu olhar estrábico, de seu ar sinistro. Um murro poderia surgir de repente. Uma rasteira também.

Ele era chamado de Johnny, eu nunca soube seu nome verdadeiro. É provável que um vizinho mais velho tenha desencavado esse apelido numa história em quadrinhos achada numa lata de lixo. A não ser que seu viril papai estivesse querendo prestar uma homenagem de peso a um cão feroz, protetor da mansão de alguma alta patente, ou a Johnny Hallyday, estrela do rock que todos os recrutas e oficiais do TFAI veneravam ainda mais que Sylvie Vartan e Claude François. Verdade que o pai de Johnny não tinha o estrabismo do filho, mas nele também havia alguma coisa que não batia bem. O tempo todo uma canalha o seguia. À noite, de farra, esse bando armava a maior gritaria, cobrando a parcela da caça abatida que o pai de Johnny devia aos outros. Ele mantivera esse hábito de seus tempos de membro do célebre GNA (três letras fáceis de memorizar). Crianças, nós ignorávamos tudo sobre esse Grupamento Nômade Autóctone, formado exclusivamente por nativos, e seus feitos para impedir os ataques de nossos inimigos e manter nossas fronteiras invioladas e invioláveis.

Grande, gordo e forte, o pai dele passava o tempo penteando o cabelo empastado de brilhantina que ele deixava comprido como o dos árabes afeminados que se requebravam. Trabalhava em uma barbearia frequentada por militares franceses vindos da metrópole ou dos territórios e departamentos de além-mar para aprender a saltar de paraquedas no deserto ou nadar no mar turquesa entre tubarões-buldogues. Chamava-se isso de treinamento intensivo, e dava para dizer que o Senhor ou Satã havia se empenhado em fazer de nosso pequeno país o melhor terreno para esse tipo de exercício. Daí porque os *gaullistes* e as altas patentes (em geral as mesmas pessoas) adoram se embrenhar pelas montanhas do Goda ou do Mabla, pelas colinas de Arta ou a cratera do Goubet que desce às profundezas do ventre da terra.

No pátio do recreio, Johnny se comportava como um sargento. Rosnava para os membros de sua tropa, que o seguiam para todo lado. Assim que eles cruzavam o portão da escola, seus movimentos se tornavam coordenados. A linguagem, concertada. Johnny dava uma ordem e seus comandados iam correndo executá-la. O primeiro a cumprir a tarefa era felicitado com alarde pelo ogro, que o exibia como exemplo. E se no dia seguinte ele fracassasse, o infeliz voltava para o anonimato. O que era considerado uma punição horrível.

Minha festa de reinício das aulas estava arruinada. Eu merecia sorte melhor. Mas Johnny decidira de maneira diferente, designando-me o papel de vítima, para ser seu objeto de zombaria. Ou, pior, para ser espancado ou escorraçado.

Quando eu cheguei em casa, minha mãe me perguntou como tinha sido meu primeiro dia. Ótimo, menti para não me rebaixar. No caminho de volta, havia conseguido calcular o número de dias que passaria na escola, sempre apressando o passo e olhando para trás, temendo cruzar novamente com o estrabismo de Johnny, o Malvado.

Depois de um suspiro um pouco cansado, o olhar inquiridor de mamãe examinou meu semblante. Ela havia sentido alguma coisa fora do lugar, mas não se dava conta do quê. Não fiz nada para ajudá-la. Persistindo na mentira, comecei a assobiar uma musiqueta inventada. Sem saber, imitava os adultos que se davam ar de importância enquanto atravessavam à noite as ruelas de nosso bairro, Château-d'Eau. Eu sorria para mamãe. Pela primeira vez. Para enganá-la. Também para proteger minha dor. Minha dor era uma ilha deserta, pensei profundamente dentro de mim. Ela me pertencia. Não era coisa que se compartilhasse.

Hoje eu não entendo por que continuei a mentir para mamãe. Suas palavras teriam remendado meu coração, que Johnny injustamente havia feito sofrer. Mas teria sido necessário que eu lhe confiasse minha dor.

O temor de mamãe não era infundado. Meu joelho ficara mesmo esfolado. Sangrara abundantemente, eu tinha dificuldade em dobrá-lo. Passei o dia inteiro pulando numa perna só. O enfermeiro que cuidou de mim fez várias recomendações precisas à minha mãe: desinfetar o machucado com álcool e mercurocromo, passar uma pomada e trocar o curativo duas vezes por dia. Além disso, eu precisava beber bastante água, para evitar a desidratação, e comer direito. Disse para verificar se minha carteira de vacinação estava em dia. Mamãe concordou, sem tirar os olhos do machucado. De repente, foi dominada pelo medo. Ela não podia mais ignorar que eu tinha uma constituição frágil e que nunca havia sido vacinado. A torneira era de um metal cinza. Bronze ou ferro fundido. Ou uma liga de outros metais. O risco de tétano não podia ser descartado.

Mamãe correu ao ambulatório. E voltou voando. Mas não de mãos vazias. De repente senti a mordida do álcool na minha ferida aberta. Com mão trêmula, mamãe limpou o pus, espalhou uma tintura de iodo no meu joelho para afastar as bactérias e seus miasmas mórbidos. Só faltava fazer o curativo em torno do meu pequeno joelho. Curativo terminado, ela se pôs a massagear longamente minha panturrilha e minha tíbia. Eu sentia seus dedos tremendo mais e mais. Entendi que mamãe tinha medo da morte. Antigos sentimentos a assaltavam. Em sua família longínqua, ela tivera parentes paralíticos, outros cegos e outros ainda que exibiam seus cotos comidos pela lepra. Eu era seu único filho. Além disso, frágil e doentio. Ela me protegia à sua maneira, amedrontada e atabalhoada. Se o mal tivesse se infiltrado no meu corpo sem seu conhecimento, ela não tinha como saber. Sentia-se culpada. Culpada até os ossos.

No nosso bairro, a morte tinha um rosto familiar.
Ela batia forte.
Batia frequentemente e sem fazer distinção.
Um dia a sorte caía sobre um recém-nascido.
Outro dia um velho entregava a alma a Deus.
As famílias atingidas pela seca se arrastavam até nossa cidade, as tripas pegando fogo.
A boca aberta, uma nuvem de moscas no rosto.
Elas se aliviavam onde podiam.
A cidade ficava cercada por um odor pútrido, animal.
As autoridades sanitárias e mesmo as autoridades militares temiam o cólera.

Já seria tarde demais? De contágio em contágio, a epidemia acabava chegando à capital. A disenteria e o cólera castigavam ciclicamente o Território, e os nômades cujos rebanhos a seca levara para a sub-região recuavam para os vilarejos e as aldeias do TFAI. Os franceses da França tentavam aguentar firme, nádegas contraídas, mas faziam na calça ou nas botas militares. O alto-comissário da República pedia ajuda a Paris. Mas não havia milagre à vista. Novas famílias chegavam do mato em vagas. Enfraquecidos pela doença, os adultos arrastavam suas crianças raquíticas seguidos por enxames de moscas. Toda esperança era vã. Os dois ou três ambulatórios da cidade não tinham como dar conta daquele flagelo. As famílias recém-chegadas não tinham forças para ir embora. Eram ceifadas durante a semana. Dizia-se que seus cadáveres eram guardados por algum tempo no necrotério e depois recobertos com um pó ácido e jogados numa fossa comum, se ninguém fosse reclamá-los.

Mamãe vivia em pânico com a ideia de cruzar com a morte. Seu pior pesadelo: me ver abatido pela Grande Ceifadora. Levantava no meio da noite para examinar meus maxilares. Estavam contraídos ou relaxados? Minha garganta estava rígida? Meus gânglios inchados? Meus membros paralisados? Minha nuca estava travada, sim ou não? Eu fazia xixi muitas vezes e em abundância? Dormia que chegue? E por que não chorava tanto quanto antes? O que acontecera com minha febre? E minha asma? Eu tossia muito? Durante o dia ou à noite? Tosse seca ou tosse produtiva? Gases? Mas e meu joelho? Não estava frouxo?

Ela era assim, a minha mãe. Medrosa e supersticiosa. Não parava nunca de esperar o pior. Assim que um pensamento mórbido passava por sua cabeça, ela ia em corrida desabalada procurar a chefe da família, que tinha a reputação de conhecer a ciência das trevas como a palma da sua mão. E a avó Cochise a repreendia, lembrando que somente o Senhor ou Satã tem a última palavra, e que não se devia perder a cabeça por causa de um resfriado ou de uma dorzinha de barriga. Uma vez tranquilizada, minha mãe se refugiava num silêncio sepulcral, de onde só saía com a chegada triunfal de uma nova ideia inquietante para ela e enigmática para o resto da família. Na época, eu ignorava esse lado da personalidade de mamãe. Meu principal terror era mais concreto e jovial. Estava localizado em minha escola. Tinha domicílio na classe adjacente à minha. Acendia cigarros no pátio com um Zippo metálico e pesado para provocar os adultos. Tragava, tossia, tragava, tossia outra vez. Seu rosto não exibia a aparência dos piratas, mas um estrabismo igualmente assustador. Meu terror tinha um nome masculino e exótico. Você adivinhou, Béa. Ele se chamava Johnny.

Madame Annick tinha uma vantagem sobre todas as pessoas que eu conhecia. Ela sabia ler e escrever em francês. Como eu já disse, Béa, Madame Annick era uma francesa da França. Ela não só sabia ler e escrever, como conhecia bem essa língua, suficientemente bem para vir ao nosso país e transformar bisnetos de pastores nômades como eu em crianças que sabem ler, contar e escrever. Era necessário que eles entrassem no mundo moderno e que tivessem uma vida melhor que a de seus pais. A República Francesa lhe dera essa missão sagrada. Todas as crianças, louras ou negras, devem receber instrução para depois conseguir uma boa posição na vida. Liberdade, igualdade e fraternidade para todos. Até para os cachorros. Na realidade, as coisas não eram assim tão simples. Nossos pais haviam sido esquecidos pelos antigos colegas de Madame Annick. Aqueles que deveriam chegar ontem da metrópole para educá-los, quando papai e mamãe ainda tinham a possibilidade de aprender a ler, escrever e contar em francês.

Eu não sinto vergonha de dizer que meu pai não sabia ler nem escrever em francês.

Mamãe não sabia ler nem escrever em francês.

Vovó Cochise não sabia ler nem escrever em francês.

Minha tia, todos os primos, primas, tios, avós e mesmo vizinhos, toda essa gente não sabia ler nem escrever em francês.

Só Madame Annick podia me ensinar a ler e escrever em francês.

Askar, o Louco sabia ler e escrever em francês, mas Askar é um personagem singular. Primeiro, era sujo como um porco, teria dito Madame Annick. Falava sozinho, comia a comida que encontrasse no lixo. Era reconhecido de longe. De muito longe, e não só pelos olhos. O nariz já era mais que suficiente. Askar tinha um cheiro de estrume de vaca e cocô de nômade misturados. Eu não conhecia uma só pessoa que conseguisse ficar perto dele mais que dois segundos. Quando, com seu andar lento, Askar se dirigia para a entrada de nossa escola, todo mundo saía correndo. Johnny e seu bando de saguis fumantes o insultavam e metralhavam com pedras. Askar não tomava conhecimento da manobra deles. Continuava a avançar lentamente como um navio que chega a bom porto. Arrastava as pernas elefantinas, as vestimentas andrajosas e as enormes trouxas.

Contavam que Askar havia sido um homem importante. Ele sabia falar e escrever em francês. Trabalhara durante anos num escritório climatizado. Tinha sob suas ordens uma multidão de gente; alguns deles franceses da França. Todos os dias de trabalho, ele vestia uma camisa branca bem abotoada, calça preta e sapato preto bem engraxado. Saía de casa ao volante de seu carro. Sim, eu disse casa, Béa, porque ele morava numa casa de tijolos, ao contrário de nós nos nossos bairros. Logo ao entrar no escritório, uma secretária o recebia com um sorriso doce e uma xícara de café quente. Askar apontava seus lápis e depois mergulhava no trabalho. Tinha sempre dois lápis de ponta bem feita no bolso da camisa. Ah, esqueci de dizer, Béa, que antes de sair de casa Askar beijava sua mulher. Na época, as opiniões divergiam quando se tratava de descrever esse beijo. Metade do TFAI garantia que ele era o único alto funcionário selecionado entre os nativos a beijar a esposa na boca. A outra metade retorquia que ele apenas tocava no rosto de sua esposa europeia, e que Askar não havia esquecido nem renegado suas raízes nômades. No entanto, as duas partes admitiam que ele acariciava longamente a cabeça de suas duas filhas gêmeas, chamadas Olivia e Viola. Antes de entrar em seu carro todo branco, com exceção da capota preta, ele ligava o motor, dando um tempo para que esquentasse. Em seguida, buzinava para dizer adeus à sua pequena família, que da varanda de mármore onde se encontrava lhe desejava um excelente dia.

No bairro, os dias eram parecidos uns com os outros. E ninguém me desejava um excelente dia ou uma bela *siesta*. Ninguém festejava aniversário, e o dia em que nasci, registrado na minha certidão de nascimento, não me dava direito a coisa alguma. Comemorei meu primeiro aniversário aos 22 anos, já na França. Vejo que você está espantada, minha filha, mas as coisas se passavam assim no reino da minha infância. Entendo você: nós nunca ignoramos seus aniversários, do primeiro ao sétimo.

No meu bairro, o negócio era diferente. Veja bem, não estou me queixando. Minha situação não era a única. Nem presente nem bolo. A ideia de aniversário, com ritual, música e enfeites nos teria parecido inútil. Ridícula também. As relações entre parentes eram distantes. Respeitosas, mas distantes. Cada grupo ficava no seu lugar. Nós, as crianças do bairro, estávamos todas no mesmo barco. Muitas de nós ficávamos o tempo todo correndo pelas ruelas como cabritos sedentos ou gritando como pequenos babuínos. Corujas espantadas, íamos rever nossos pais quando o sol se punha atrás da montanha d'Ambouli. Naquela hora, o portão da escola já estava fechado fazia muito tempo e Madame Annick devia estar dando banho nos filhos. Eu não tinha a menor ideia disso, mas gostava de imaginá-la como uma mãe atenta e afetuosa. No bairro, ao cair da noite os adultos saíam de seus casebres para tomar a fresca depois de um dia escaldante. Aglomerações surgiam espontaneamente entre as duas fileiras de casas. A gente se reunia para ouvir o rádio que chiava.

Uma noite, depois de ouvir o rádio, os adultos se desentenderam. Um jovem, seco como um fio de ferro, cabelo bem cortado, contava, gesticulando muito, que os americanos haviam mandado um homem à Lua.

— Faz exatamente um ano! — ele vociferou, enquanto observava a reação da sua plateia.

Um homem gordo e barbudo levantou-se de um salto. Pegou o jovem seco de cabelo bem cortado e o repreendeu como se ele fosse um garoto do bando insolente de Johnny.

— Jovem, você é tão inocente quanto o boi e o asno das nossas fábulas antigas. Saiba de uma vez por todas que os americanos são grandes mentirosos!

— Sim, eles não passam de grandes mentirosos — repetiam os outros adultos, balançando a cabeça.

O homem gordo e barbudo estava visivelmente feliz com seu desempenho. Seus braços descreviam grandes círculos, como se ele quisesse redesenhar no céu o trajeto da Lua, das estrelas e do Sol, que haviam se escondido atrás da grande montanha de Ambouli.

— Se os americanos estivessem dizendo a verdade, tudo o que eles precisavam ter feito era pintar um pedaço da Lua de verde. A gente poderia enxergar de longe.

Isso quem disse foi um velho, sem descerrar os dentes.

Eu não achei a opinião do velho tão estranha. Ela também tinha a vantagem de seduzir a maioria das pessoas. Era a primeira vez que eu ouvia a palavra "americano" e não sabia se a palavra se referia a gente como os franceses ou a uma manada de búfalos selvagens. Quando os adultos se desentendiam em volta de um aparelho de rádio, você podia ter certeza de que cedo ou tarde eles pronunciariam palavras como "americanos", "bomba nuclear", "de Gaulle", "Mobutu" ou "Haile Selassie". Eu ainda não sabia do que eles estavam falando. O clamor de suas vozes era tão pesado quanto o de uma tempestade tropical que tivesse se enganado de estação e vindo banhar os telhados de alumínio do nosso bairro. Um perfume de acácia flutuaria acima dos telhados improvisados, um cheiro de terra remexida subiria aos céus, transportado por uma brisa vinda do mar, e por fim os eflúvios de iodo e algas nos fariam cócegas no nariz.

Eu tinha praticamente a sua idade quando mamãe deixou o domicílio familiar sem aviso prévio. Eu estava com exatamente sete anos e seis meses. Mamãe havia partido. Para um destino que foi mantido secreto. Vovó Cochise me disse secamente que não adiantava vir com perguntas.

— Não é da sua conta.

Como sempre, com suas decisões não havia apelação. Felizmente minha tia me explicou que mamãe voltaria logo.

— Logo quando?

— Dois ou três dias, se tudo correr bem.

Decidi ficar em casa, não pôr o dedo do pé para fora enquanto mamãe não voltasse. Em vez de ficar dando voltas no mesmo lugar, fui tomado por uma espécie de pressentimento. A voz e os olhos verde-esmeralda de Madame Annick não monopolizavam tanto meus pensamentos quanto no semestre anterior inaugurado com a humilhação terrível a que Johnny me submetera na frente de todo mundo. Eu passava a maior parte do tempo pensando na morte. Aprender a morrer era para mim uma preocupação de todos os instantes. Um imenso assunto de reflexão. Vejo, Béa, que também é o seu caso. Você me faz perguntas sobre a morte, o desaparecimento e o mundo após a morte. O que acontece com a gente quando a gente morre?, você me pergunta. Imagine que eu também me perguntava onde meus avós e os avós de meus avós poderiam estar. Onde estariam escondidos? Por que não nos visitavam mais? O que o Senhor ou Satã teria feito com eles, para que não ouvíssemos mais falar deles? Se não estivessem presos, em um bunker alemão talvez, certamente teriam nos dado notícia. Eles eram bem-educados antes de morrer, não eram? A boa educação exige que se reserve algum tempo para se apresentar a seus bisnetos, como eu, depois da partida. Eu teria ficado contente se eles se apresentassem para mim. Teriam me confidenciado alguns segredos sobre seus desaparecimentos. Nome próprio, sobrenome, detalhes da doença que os havia levado. No caso dos acidentados: dia, lugar e circunstâncias. Em resumo: como eles morreram? E suas reações? Teriam caído no choro ou enfrentado a foice afiada da Grande Degoladora? Essas eram as perguntas que passavam pela minha cabeça. Sei que elas também passam pela sua cabeça hoje, neste período particular da sua existência.

   Mamãe tendo partido, a casa mergulhou num silêncio profundo. Minha tia e eu nos comunicávamos por suspiros intermitentes. Toda vez que vovó Cochise nos dava as costas, deixávamos escapar um gemido quase inaudível. Minha tia não experimentava os mesmos temores que eu, mas era sua maneira de me apoiar, e é preciso reconhecer que seu método não era nem melhor nem pior que qualquer outro. Naqueles dias eu o apreciava muito. Pelo menos um adulto me demonstrava algum sinal de atenção e afeto. Minha avó guardava para si seu silêncio e seus segredos. Por que mamãe tinha ido embora sem uma palavra para mim, seu único filho?

Eu não tinha amigos, e meu vizinho de classe, Moussa, não falava mais comigo. Eu não tinha amigas, obviamente. Você vai rir na minha cara, Béa, mas eu não me recordo de ter dirigido a palavra a uma menina durante todo o tempo que passei na escola do Château-d'Eau. Eu era fechado como uma ostra. Os adultos que me dirigiam a palavra recebiam de volta apenas um murmúrio ou um resmungo ininteligível. Assim que alguém se aproximava de mim, minha garganta dava um nó, a laringe se enfiava no fundo do peito. Os lábios se abriam e se fechavam, mas não saía nenhum som. Cara fechada, voz inaudível, palavras engolidas, olhos arregalados, esse quadro geral não enganava ninguém. Eu não tinha talento para conversa. E não sentia necessidade de exprimir com palavras tudo o que se passava na minha cabeça. Algumas pessoas falam tudo o que lhes passa pela cabeça sem pensar duas vezes, não hesitando em compartilhar seus segredos mais íntimos com o primeiro que aparece. Eu preferia morrer a confidenciar qualquer coisa sobre mim. Era da minha natureza e eu não fazia nenhum esforço particular para manter essa regra fundamental. Fugiam de mim como da peste. Contavam a meu respeito coisas insensatas e, sobretudo, falsas. Diziam que eu havia passado meus primeiros anos num hospital para crianças problemáticas — num "sanatório". Esse nome é tão complicado de pronunciar que as crianças mandadas para lá devem ser realmente ruins da cabeça. Descobrir-se são de corpo e de espírito depois de uma passagem pelo sanatório era mais improvável que transformar esterco de vaca em flores perfumadas.

Eu esperava o tempo todo a volta da minha mãe. Meu pai chegava em casa cada vez mais tarde. O encanto da sua mobilete Solex matraqueante havia acabado. Os vizinhos e os primos apareciam mais raramente, como se todo mundo tivesse combinado nos evitar. Minha tia se cansava do meu humor sombrio. De longe, via-se meu pescoço magro e minhas clavículas movendo-se sozinhos. Eu havia aprendido a soluçar no meu canto sem que ninguém notasse.

Por instinto, vovó Cochise sabia que eu atravessava um momento ruim. Quando eu estava decepcionado ou amargo, ela adivinhava. Eu ficava, ela me contou mais tarde, com o lábio superior ligeiramente contraído. Era assim que ela reconhecia as pessoas amargas. São pessoas que se irritam com facilidade, acordam mais cedo que os outros. Inquietas, ficam o tempo todo vigilantes. Sobressaltam-se assim que um lagarto balança a cauda no muro em frente. Tenho que confessar, Béa, que, uma vez mais, a avó tinha razão. Poderíamos mesmo acrescentar, como Dupont e Dupond, que ela havia acertado em cheio no alvo. Para uma mulher velha e quase cega, não estava nada mal!

Mamãe voltou uma tarde em que o céu estava com boa cara. Não estava só. Transportava alguma coisa numa cestinha protegida do sol por uma coberta semelhante a esses tecidos de juta utilizados pelas mulheres do interior que apareciam lá em casa para vender os gêneros que todo filho de nômade aprecia: leite de camela, manteiga clarificada, manta de carne de camela seca e temperada com pérolas de sal, ovos de avestruz. O fino do fino era a bossa do dromedário cortada em dados que de longe pareciam pequenos tabletes de sabão transparente. Meu pai separava os tecidos mais bonitos para depois vendê-los aos turistas apreciadores do artesanato tradicional.

Pois veja, Béa, não se tratava de uma cesta, mas de um berço minúsculo, tão minúsculo que dava a impressão de desaparecer nos braços da minha mãe. O produto embrulhado com tanta precaução, não tinha nada a ver com carne de caça ou bossa de camelo destinada a excitar as papilas gustativas dos citadinos nostálgicos da savana. Foram os *youyous* das vizinhas que me deixaram com a pulga atrás da orelha. O berço não continha uma iguaria especial. Já não havia dúvida possível: soluços quase imperceptíveis chegavam até mim. Mamãe tinha feito a mala para um destino mantido em segredo e agora voltava precedida das manifestações de atenção de todas as mulheres do bairro, que acorreram atendendo a um sinal que escapara à minha vigilância. Se não estivéssemos em pleno meio-dia, eu teria pensado que elas haviam se comunicado com a ajuda de lanternas-de-tempestade de pavio longo, utilizando um código sofisticado cuja decifração escapara ao meu entendimento. Não era porque eu acabava de ter acesso à leitura graças a Madame Annick que eu teria podido decifrar facilmente o método de comunicação das mulheres do bairro. Fosse como fosse, todas haviam comparecido àquele encontro intempestivo ou planejado havia muito tempo. Elas não pareciam registrar minha presença, de tão ocupadas que estavam em elogiar e inspecionar cada dobra de pele, cada osso e cada cabelo da cabeça daquele pequeno ser que minha mãe, trêmula de emoção, segurava nos braços. Uma matrona enxugou o rosto de Zahra com um trapo extraído de seus seios fartos e depois assoou com ele o nariz da minha mãe, porque ela não podia se permitir largar por um instante que fosse o seu bebê ou mesmo entregar o cesto a outra senhora, como costumava fazer comigo quando eu chorava, para poder se assoar com a maior tranquilidade do mundo.

Outra matrona que acabava de entrar na casa veio dar dois beijos longos, estalados e sonoros nas bochechas estriadas de lágrimas de minha mãe, lágrimas que eu adivinhava quentes como podia estar o mar na praia dos Tritons no ápice do calor.

Observando todas as mulheres aglomeradas ao redor do bebê recém-chegado àquele nosso recanto da terra, entendi um pouco melhor o chamado instinto maternal, que dispensa palavras. Claro que eu não falava do jeito que estou falando agora, Béa, você pode imaginar, mas chegava intuitivamente ao cerne da relação entre um bebê e sua mãe ou seu pai. Acho que essa relação supera todas as relações que tenhamos conhecido no passado. Os pais ideais não têm expectativa alguma sobre a progenitura. Estão lá apenas para o bem de seus filhos. Para suas transformações, sua felicidade. Reconheço que não é esse o procedimento adotado pela maioria dos pais que eu conheci e ainda conheço, mas é guiado por ele que eu me vejo, ao lado de sua mãe Margherita, de sua avó Carlotta, dos seus irmãos mais velhos, Yacine e Elmi, de seu avô Salvatore.

A matrona que havia chegado por último conversava com vovó Cochise, que por sua vez redobrava suas atenções para com minha mãe, a quem repreendia como se minha mãe fosse uma menina e não a esposa de seu filho mais velho, para ela o bem mais precioso do mundo. Minha avó se chamava Nadifa, embora eu nunca tivesse ouvido ninguém chamá-la por esse nome. Para mim, ela era a avó Cochise. Sempre seria a avó Cochise. Para os outros, era a Anciã, e todos rezavam em silêncio quando a ouviam chegar. Ou seja: ela suscitava medo e respeito.

O regresso de minha mãe atraiu boa parte das mulheres do bairro. O conciliábulo que a cercava havia começado uma boa hora antes, mas mesmo assim nenhuma matrona ousava se afastar do berço. Juntas, pareciam galinhas cacarejando em torno da mãe e de seu recém-nascido, enquanto duas velhas de lábios emaciados se uniam para desvendar os segredos da vida e as chaves do destino. Tinham a missão de acalmar os espíritos dos mortos antes que o recém-nascido emitisse seus primeiros vagidos dentro da casa onde a partir de agora faria seus cocôs, daria seus arrotos, ensaiaria os primeiros passos. O conciliábulo se prolongava e ninguém via nada de alarmante nisso. As galinhas cacarejavam sem interrupção. Mamãe transpirava como uma muçarela.

Quando as especialistas em ciência das trevas encerraram sua entrevista particular, era quase noite. As vizinhas foram saindo uma a uma, erguendo lampiões à altura dos ombros. Demorei algum tempo para reparar que fazia mais de duas horas que o bairro estava mergulhado na escuridão. O mecânico-chefe da EDD, a companhia elétrica do Djibuti, teria se esquecido de ligar o interruptor geral? Teria ido curar sua ressaca de *khat* com a cabeça entre as coxas da amante? Seus assistentes teriam ficado sem coragem de acordá-lo? Foi nesse ambiente um pouco feérico por causa da obscuridade e do zumbido dos lampiões que meu irmão caçula deu seu primeiro grito.

Me levantei de um salto, Béa, eu que habitualmente sou lento no gatilho, para pular no pescoço da minha mãe, que secava lágrimas abundantes.

Tive tempo de observar de perto o meu novo coinquilino.

A pele de seu bumbum era macia e franzida.

Olhos próximos um do outro e a boca fazendo bico.

Ele já sabia vagir suficientemente alto para ter minha mãe sob seu jugo.

A julgar por suas pernas a balançar com energia, meu coinquilino era de uma têmpera diferente da minha.

Certamente, seria tão dinâmico quanto eu era frágil.

E tão vigoroso quanto eu era doentio.

A noite foi uma prorrogação da tarde: vizinhos se revezavam para felicitar meu pai, que acabava de chegar. Eu não ouvira o pipoco de sua Solex; devia estar com a cabeça longe. No dia seguinte um imã veio abençoar meu coinquilino. Claro, foi minha avó quem soprou à orelha do religioso o nome de batismo. Tia Dayibo ficou perto do imã a tarde inteira. Depois de cada reza, ela agitava seu terço com espalhafato. Minha mãe parecia muito frágil em seu vestido novo. Papai la Tige estava impecável em seu terno de três peças. Quanto a mim, eu tinha os pés tão apertados pelo sapato, que estava prestes a desmaiar.

"Eu te deixo em muito boas mãos, Ossobleh!"

Foi assim que o imã se despediu, para grande desgosto da minha tia, que derramou uma derradeira lágrima.

"Bem-vindo ao mundo, Ossobleh!"
Foi assim que os vizinhos, por sua vez, se retiraram.

"Ossobleh, tu serás forte como uma rocha!"
Foi assim que minha avó encerrou a cerimônia.

Não me lembro mais do resto.
Eu tinha ido dormir.
Vovó se esqueceu de me contar uma história.
Ninguém veio me desejar boa-noite.
Ossobleh chorava à noite.
Eu não era mais filho único.

Quando morreu minha irmãzinha, nascida exatamente nove meses depois do barulhento do meu irmão caçula, Ossobleh, eu me senti ainda mais só. Eu era o mais velho, mas com o desaparecimento dela todo mundo passou a dar atenção apenas ao meu irmãozinho e ao período de convalescença da minha mãe. Papai la Tige, preocupado com o baixo rendimento de sua loja, voltava cada vez mais tarde. A casa parecia uma concha vazia e o bairro um teatro silencioso. Eu tinha medo daquele silêncio, como se tivesse caído num buraco negro, como se ninguém reparasse em minha ausência. Uma noite em que eu mexia nas malas amontoadas num canto do quarto da minha avó, fiz uma descoberta surpreendente. Por acaso dei com um caderno que pertencera a um velho tio. Ele também se chamava Aden, e eu logo ficaria sabendo que ele havia fundado uma mesquita no interior do país. Meus pais me deram o nome dele pouco mais de nove anos antes, para manter alguma ligação com aquele homem amado pela família e desaparecido bem antes do meu nascimento. Segundo as más-línguas, depois dos trinta eu seria zarolho, magrelo e careca como uma bola de bilhar, à semelhança do meu homônimo. Magrelo eu já era, Béa, mas zarolho nem um pouco.

Agora eu já sabia ler sozinho. Estava sempre atrás de algum livro ou revista para devorar. Essa atividade me acalmava muito. Madame Annick, que eu reencontrara com imensa alegria, lia para nós — histórias verdadeiras e longas. As aventuras de Branca de Neve e os sete anões, as peripécias da pequena Heidi ou o misterioso Aladim e sua lâmpada mágica alegravam meus fins de tarde. Nada melhor que uma bela história depois de um bom dia de redação e cálculo, para acalmar minhas angústias.

A descoberta inesperada dos cadernos do outro Aden veio a calhar. Eu já havia tomado gosto pelas histórias reais contadas por vovó Cochise. Como por acaso, tudo conspirava para fazer de mim um apreciador de narrativas fascinantes e fabulosas: primeiro minha avó, em seguida a professora e agora o velho Aden surgido do passado. É preciso dizer que os cadernos do meu tio-avô Aden sufocavam sob a poeira de um velho armário e só esperavam a mão que haveria de extraí-los de seu sono. Essa mão era a minha. Decifrá-los tomava muito de meu tempo. E me consolava também.

Destruída pela dor provocada pelo desaparecimento da minha irmãzinha, minha mãe não falava mais, não comia mais e não se lavava mais. Para falar a verdade, não saía mais da cama. Naquele ritmo, corria o risco de ir ladeira abaixo, pelo mesmo caminho que levara Askar para o fundo do poço. Por haver perdido toda a família num incêndio, o alto funcionário se afundara de corpo e alma. O incêndio não tinha sido nada acidental. Askar se tornara independentista e alguém muito bem posicionado entre os *gaullistes* decidira matar os ideais de Askar ainda no nascedouro.

Enquanto mamãe se abandonava, vovó ignorava as dores da aflição. Quanto a mim, eu começava a descobrir a vida desse tio tão diferente. Se eu for atrás do que diziam os adultos da minha família, eu não era alguém dotado para a vida real.

Esse menino está encrencado! Eu ouvia os pensamentos deles antes que ultrapassassem seus lábios, mas eles não se davam conta. Segundo eles, eu teria sido atingido por uma doença insidiosa, oculta no meu corpo mais magro que um ramo de videira. Sofreria da incapacidade de cavar meu próprio buraco no mundo dos adultos com suas múltiplas armadilhas: era isso que, no fundo, eles pensavam!

Decifrando a ortografia caprichosa do velho Aden, fui atraído por várias cenas esboçadas por aquela mão talentosa. Em cada um de seus desenhos, um tema aparecia com frequência: um garotinho, envergando um casaco azul, empunhava um bastão ornamentado por uma estrela dourada. Em volta dele, pessoas de tez escura vestidas à antiga, quer dizer, com roupas esfarrapadas que deviam ter sido brancas em outra época. No meio de todos, um homem magro de olhos fulminantes, cuja vida extraordinária eu descobriria mais tarde. Era o Pequeno Príncipe. Incorporei tão rapidamente aquele garotinho de casaco azul, que adivinhava seus gestos e finalizava suas frases antes dele. Havia decidido que aquela criança se parecia comigo de várias maneiras. Eu conhecia aquela criança, Béa, mais do que conhecia meus próprios pais. Aquela criança era eu. Ainda me vejo nadando entre as margens do tempo. Ainda me vejo percorrendo o álbum deixado pelo velho Aden. Experimentei na parte mais profunda de mim todos os sentimentos daquela criança que queria voar como os pássaros da savana. Eu também queria voar.

Meu desejo mais caro naquela época: saltar do alto de uma falésia.
Estender meus braços esqueléticos, que se transformariam na hora em asas vigorosamente abertas.
Voar, voar,
Voar e mais voar.

Anos depois, compreendi que o álbum provinha de uma edição ilustrada dirigida aos pequenos nômades desejosos de aprender os segredos do alfabeto, e divulgada por uma congregação religiosa que tinha como objetivo conduzir as criancinhas ignorantes para o bom caminho. Um dos episódios me marcou por muito tempo. Devo salientar, minha filha querida, que na época eu sabia ler corretamente. Nesse episódio encontrei um garoto com uma roupa azul que me recordou outra história que eu havia lido quase ao mesmo tempo. Nessa segunda história, o garotinho empoleirado numa árvore procurava com os olhos outro homem de olhar fulminante.

Esse homem era Cristo!

Alguma coisa na postura dele havia me tocado a ponto de eu me projetar nele, como acontece quando a sua sombra, Béa, e a minha se sobrepõem quando estamos a caminho da mercearia italiana da rua do Faubourg-Saint-Denis, onde compramos nossos nhoques napoletani e a muçarela *di buffala*. Criança, eu me via, sentado ao lado de Cristo. Você também me disse que esse Cristo a impressionava muito. O corpo tão magro dele, suas feridas tocaram você de imediato. Por que foram tão malvados com ele?, você me perguntou mais de uma vez. Eu não soube responder. Sua mãe não gostava muito que eu levasse você à igreja Saint-Laurent, uma das mais antigas de Paris.

Quando criança, eu acreditava ser contemporâneo de Cristo. Via-me, por minha vez, projetado no meio daqueles judeus de rostos emaciados, olhos febris. Depois daquele dia, a leitura do álbum me acompanhou até o colégio. Eu preferia o frescor daqueles desenhos às perguntas constrangedoras da minha mãe ou da tia Dayibo, que nunca teve filho, apesar das múltiplas investidas de seu velho marido. Acredito que naquele período da minha vida eu havia compreendido que histórias como a do Pequeno Príncipe ou os Evangelhos não eram histórias do passado, histórias de pessoas do passado escondidas atrás da cortina negra do passado. Eu sabia, Béa, que aquelas histórias eram narrativas de nossa própria vida, que um dia ou outro passaríamos todos pela experiência de Zaqueu, o homem empoleirado na árvore que queria ver Jesus chegando a Jericó. Casaco branco ou não, ele não era um menino, como eu havia acreditado por algum tempo, mas um homem de baixa estatura. Um pecador. Um homem detestado por todos e que, no entanto, não precisava de nada. O dia em que consegui desvendar o segredo do nome dele, me enchi de alegria. Ele se chamava Zaqueu. Ultrapassei a armadilha ortográfica com facilidade.* Zaqueu se pronunciava Za-keu. Duvido que Johnny e seu bando de vagabundos tivessem conseguido desarmar essa armadilha. Madame Annick teria ficado orgulhosa, Béa, se soubesse da minha façanha!

De tanto percorrer aquelas páginas, comecei a me impregnar do episódio bíblico. Ele dizia que Zaqueu havia juntado muito dinheiro, que ele era o chefe dos coletores de impostos. Estava empoleirado na sua figueira-brava e, quando Jesus se dirigiu a ele, o rico Zaqueu foi o que respondeu mais rapidamente ao apelo.

Zaqueu, desce depressa, porque hoje me convém pousar em tua casa.

Dito e feito, Zaqueu desceu e acolheu Jesus com alegria. As pessoas importantes que eram chamadas de fariseus se zangaram. Um despeito imenso, um rancor sem limites.

Ele foi se hospedar na casa de um pecador, vocês se deram conta?

Mas Zaqueu passou por uma transformação instantânea. Superou o medo que sentia dos outros. Entregou-se sem hesitar. Eu também seria capaz disso um dia? Escute-o, Béa:

---

* Em francês, Zachée. A "armadilha ortográfica" é o duplo "e", que, em francês, caracteriza um substantivo feminino. (N. T.)

Senhor, eis que eu dou aos pobres metade dos meus bens; e, se nalguma coisa tenho defraudado alguém, o restituo quadruplicado.

Os olhos de Jesus se iluminaram.

Hoje veio a salvação a esta casa, porque também este é filho de Abraão.

No caderno do meu velho tio Aden, podia-se ler que na verdade o Filho do homem viera buscar e salvar o que se perdera. De imediato, me rendi ao encanto dessa expressão "Filho do homem", que ouvia pela primeira vez. Você não vai acreditar, Béa, mas em seguida reparei no F maiúsculo.

A história desse homem chamado Zaqueu me serviu de bússola por muitos anos. Agradeço a meu tio-avô, que soube reconstituir em seus cadernos íntimos esse episódio bíblico. Se Jesus era capaz de salvar um homem com uma palavra, também podia me salvar quando eu me encontrasse numa situação perigosa no pátio do colégio diante do bando de Johnny. Compreendi por que os adultos começavam a rezar assim que sentiam um perigo rondar a cabeça deles e a de seus próximos. E comecei a me dizer que eu faria a mesma coisa se no dia seguinte Johnny e seus soldadinhos me perseguissem. Orei, pedindo ao Senhor e a Satã que aquele pessoal fosse aniquilado pelo fogo do Arbusto Ardente, que queima sem jamais se consumir, ou pelos grilos que devoram todas as gramíneas que recobrem as colinas de Judeia.

O velho tio Aden não era o único que adorava as histórias corânicas e bíblicas. Na nossa grande família africana e nômade, todo mundo sabia de cor os feitos dos profetas Ibrahim, Moussa e Issa, conhecidos nos Evangelhos como Abraão, Moisés e Jesus. Minha tia Dayibo contava a vida dos santos e considerava o bravo Issa um membro da família. Por muito tempo, acreditei que ele também era originário do bairro Château-d'Eau, como eu e meu pai Amine. Minha tia Dayibo, porém, era a adepta mais ardorosa dos milagres e das maravilhas retratados nas obras religiosas. Como lhe contei antes, ela não sabia ler, mas sabia de cor os versículos corânicos e os grandes períodos da vida do profeta Mohammed e de sua esposa Aïcha. Como a Providência não a presenteara com a maternidade, eu acreditava que era essa a razão de ela se identificar mais facilmente com a venerável Aïcha. Terço na mão, tia Dayibo rezava sem parar. Mantinha o rosto fechado, apenas seu queixo triplo e sua boca se moviam maquinalmente. A qualquer hora do dia ou da noite, era possível surpreender em seus lábios preces e invocações. E a mão de Fátima pendurada em seu pescoço tremia ao fim de cada prece, exatamente no perímetro da gordura entre o queixo triplo e o peito arfante. O pobre colar devia estar cansado no fim do dia, escutando-a orar o tempo todo, gemendo. Estar pendurado no pescoço da minha tia não era uma sinecura. Tia Dayibo parecia sempre à beira das lágrimas quando multiplicava as invocações aos santos e as voltas no terço. Todas as manhãs, sempre de joelhos, tia Dayibo suplicava às santas Aïcha e Fátima que lhe proporcionassem um dia tranquilo. Quer dizer, ela não dizia isso exatamente assim; falava em "solicitar a graça" ou a "misericórdia". Ao fim da prece, ela suspirava que um dia chegaria a "recompensa celeste". Quando acontecia de ela me pegar finalmente nos braços, nem por isso tia Dayibo parava de resmungar. A oração lhe dava coragem para tudo enfrentar, a oração a nutria, como a mim nutriam o leite e o arroz branco. Mas havia outra coisa que me incomodava. De corpo inteiro, eu sentia que minha presença interrompia o diálogo contínuo que ela mantinha com santa Aïcha. E eu fiquei sabendo que ela não me amava muito e que eu não devia fazer parte do seu Reino de Deus, um reino que ela descrevia a cores e com muitos detalhes. Mesmo quando falava de mim, ela se dirigia a sua santa predileta:

"Mãe Santíssima, venerável Aïcha, faça esta criança recuperar a saúde."

Eu fazia de conta que não tinha entendido. Chorava para não continuar ouvindo.

"Ele nasceu quase morto. Certamente é um sinal."

"Mas somente vós, santa Aïcha, podeis socorrê-lo!"

Eu me derramava em lágrimas.

"Com esse corpo de filhote de passarinho, ele nunca irá longe!"

Encerrado o período de convalescença, minha mãe mimava o pestinha do meu irmão, que, de sua parte, parecia satisfazê-la amplamente. Ossobleh tomava sua mamadeira como um dromedário sedento, saltitava nos braços de minha genitora, depois soltava dois arrotos e três peidos podres, e em seguida adormecia prontamente. Suas fezes eram amareladas, moles e fedorentas, o que era bom sinal, Béa, apesar de você provavelmente não entender nada disso, porque com nove anos você tapa o nariz quando vai à casinha. Meu irmão caçula se contentava em sorrir para todo mundo e não deixava de estourar de rir quando faziam cócegas na barriga gorducha dele. Crescia a olhos vistos, para enorme satisfação da mãe, que a todo momento examinava suas pernas, seus braços, músculos e reflexos. Em suma, um amor de bebê e o oposto de mim em tudo.

Minha mãe não se ocupava mais de mim. Seguindo o exemplo de minha mãe, Papai la Tige também me ignorava e vovó Cochise guardava a chave de seu silêncio para si mesma. Só tia Dayibo evocava meu estado de saúde quando rezava com ostentação, sem dúvida para conquistar os favores de santa Aïcha, que faria germinar como por magia a semente que seu marido viesse a depositar em seu ventre, caso conseguisse fazer isso uma vez que fosse. Basta um lance, como no pôquer. Pelo menos é o que os adultos sussurravam uns para os outros, crentes de que me mantinham à distância de suas confidências. Não sabiam que eu escutava atrás das portas, que mexia nas malas da minha avó Cochise, que vigiava tudo, porque desde sempre tenho curiosidade por tudo.

Depois, um dia, houve uma retomada de interesse por mim ou, mais exatamente, pelo meu prepúcio. Foi vovó Cochise quem trouxe o assunto à baila. Senti que minha mãe não estava à vontade com a coisa. Tentou cortar o mal pela raiz, mas não era a melhor técnica para extrair uma ideia da cabeça da nossa teimosa avó. Sua reação não se fez esperar.

"É preciso marcar uma data. Vou avisar Omar, o açougueiro."

Ao ouvir essas palavras, meu coração saiu de sua caixa torácica, uma sensação de arrepio percorreu minhas pernas, minha cabeça foi tomada por um zumbido que parecia o de um enxame de abelhas esfaimadas. Soltei um grito lancinante. Minha avó lançou um olhar assassino na minha direção. Continuar chorando podia agravar meu caso. Uma parte do meu corpo tremia, a despeito dos esforços que eu fazia para me acalmar. Meu queixo trêmulo arriscava a provocar a ira da minha avó. Passei a noite presa de pesadelos em que homenzinhos armados com seringas gigantescas me cortavam em pedaços. Conduzidos pelo velho Omar, estavam equipados com ganchos e facões de açougueiro. Naquela noite, inundei minha cama como nunca antes. Sempre tive a bexiga delicada. Era habitual eu encontrar no meu lençol uma mancha de xixi do tamanho de uma bolacha etíope, mas a daquela manhã batia todos os recordes. Era como se a produção de uma semana tivesse sido reunida por um contramestre, que avaliaria se ela era satisfatória para confirmar ou não meu emprego na obra.

Vovó Cochise cuidava dos últimos detalhes da organização da cerimônia. Naquela manhã, minha mãe não viu nada no meu lençol. Ou melhor, preferiu ignorar o desastre. Sua atenção estava toda voltada para aquela pequenina criatura sortuda que provocava em mim, sempre que eu cruzava com seu olhar turvo, uma forte vontade de cagar. Meia hora depois, vovó Cochise foi posta ao corrente da situação por minha mãe ou por tia Dayibo. Ou pela criadinha Ladane, não me lembro. Resultado: ela apressou a operação sem anestesia e mandou Ladane convocar o velho açougueiro. Meu estado de impureza já havia durado muito, disse. Estava em tempo de encerrá-lo.

Eu não estava nem um pouco interessado em conquistar a pureza deles, Béa.

Teria preferido manter o maior tempo possível aquele pedacinho de minha carne a que eles davam os nomes mais bizarros.

Eles falavam de meu "véu",
minha "cobertura",
minha "casca",
minha sujeira.

Eles haviam adotado os termos ridículos do açougueiro, que às vezes, aos sábados, virava barbeiro. Eu não ia gostar de passar pelas mãos dele dali a pouco.
Nem no dia seguinte,
nem depois de amanhã,
nem em nenhum dia do ano.

Eu ainda era uma criança, Béa! Tinha quantos anos? Só nove! Certo, nove e lá vai fumaça, mas Madame Annick teria dito que essa fumaça não conta para nós, humanos. O trêmulo açougueiro podia ter paciência e esperar uns dois ou três anos para vir amolar sua lâmina debaixo do meu nariz ou, mais exatamente, entre as minhas pernas. Era o que eu achava. Mas pelo jeito ninguém mais pensava assim.

Ao cortar meu pipi, como eu havia chorado muito, o velho açougueiro removeu um pedaço grande, que deu a seu gato Pompidou. Talvez minha mãe também tivesse chorado ao meu lado depois de ter confiado meu coinquilino a Ladane. Para me ensinar uma boa lição, o velho Omar se mostrara intransigente. Idriss, meu primo que morava na esquina da avenida General de Gaulle com a rua dos Mouchards, não negaria a existência do gato barrigudo batizado com o nome do antigo presidente da França e de nosso TFAI. Diziam que Pompidou tinha um fraco por prepúcios temperados com azeite de oliva. Idriss não era um primo de verdade, quer dizer, um primo filho de tio e tia, mas isso não mudava nada. Minha mãe tinha me dito que ele era meu primo, e ponto. Muitos anos atrás, Idriss passara pela provação da faca do velho Omar. Ele e minha mãe me apoiariam se ela resolvesse esquecer por um momento o reizinho dela e sua mamadeira. Idriss estaria lá para me dar conselhos úteis. Como um treinador no campo aquecendo o moral dos jogadores, ele se ajoelharia e poria uma mão em meu ombro enquanto a lâmina secionaria zzzziiifff o pequeno pedaço de carne tão impuro aos olhos dos adultos medíocres. Eu ficaria feliz em acolher Idriss, apesar de não ter sido gentil com ele no passado. Eu não gostava do barrigão de Idriss nem das suas coxas gordas e menos ainda do seu cheiro de alho. Assim que ele abria a boca, Béa, o alho saltava sobre você para envolver você com sua sombra. A bondosa da mãe dele dizia que o alho cura tudo. Dores de cabeça, golpes de ar, queimaduras e até choros e poluções noturnas. Eu não concordava. Quando Idriss abria a boca e o alho saltava sobre mim, meus olhos começavam a chorar. Eu não chamaria isso de remédio, e sim de um produto tão perigoso quanto Johnny e seu bando de degoladores.

Idriss não era o único a andar por aí com um cheiro ruim de alho e de azeite frito. Toda a família dele carregava essa pestilência. A mãe, que o bairro todo chamava de "Madame Peugeot", ou, na nossa língua, Ina Peugeot, vendia bolinhos, cones de amendoim e ovos cozidos no pátio da nossa escola. De manhã, quando chegava com seus tachos e sacolas, ela já cheirava mal. Ao meio-dia, não estava mais cheirando quase nada, porque a poeira e os eflúvios de óleo diesel tinham afugentado o bafio de alho e de azeite frito. Não é preciso dizer que Ina Peugeot era muito gentil. Sorridente, batia com as mãos gorduchas nas coxas gordas enquanto compartilhava com a gente alguma história divertida. Trabalhava sem descanso da manhã à noite, até que o último aluno saísse e o sr. Dini, mais conhecido como O Elástico, fechasse o portão de saída da escola de Château-d'Eau. Ina Peugeot, então, levantava acampamento, mas atenção: ela continuaria trabalhando como uma mula. Percorria a pé os dois quilômetros que separavam nossa escola da praça des Chameaux, que jamais dormia. Ali funcionava o mercado de animais. Alguns iam vender um carneiro, uma cabra, uma vaca e, no período de festas, algum velho dromedário. Outros iam comprar uma ovelha, um bode, um vitelo e, no período de festas, algum velho dromedário. Ina Peugeot só voltava para casa tarde da noite. Idriss, seus irmãos e suas irmãs ajudavam a mãe na praça des Chameaux quando não estavam brincando de esconde-esconde perto da fonte. Às vezes eles se enfiavam entre as patas dos dromedários ou das vacas para dormir no calor aconchegante dos ruminantes. Idriss havia me contado que, na calada da noite, não havia esconderijo melhor. As vacas estavam sempre mastigando alguma coisa, e a criança escondida embaixo da barriga delas tinha todo o tempo do mundo para observar aqueles maxilares que não paravam de abrir e fechar. Quem se escondesse ali, Béa, precisava prestar atenção no barulho que subia do estômago da vaca, porque ela podia jogar em cima de você um jato de cocô quente e muito fedido, que grudava na sua pele como cera de vela. Aconteceu mais de uma vez com o Idriss do alho. Além do habitual perfume dele, o pobre sentiu o cocô quente e pegajoso escorrer pela cabeça. Ele me garantiu que cheirava exatamente como capim cortado. Mentira, porque todo mundo sabia que as vacas da cidade comiam caixas de papelão e restos encontrados nas lixeiras. Elas haviam esquecido o sabor dos galhos e das folhas das árvores do mato. Esperar que o cocô das vacas de hoje cheirem a relva recém-cortada é como esperar que uma estrela se desprenda do céu. Normal, as vacas do mato e as da capital não andam na mesma terra vermelha dos lateritos. Elas não frequentam o mesmo cenário nem o mesmo céu. É verdadeiramente verdade, como diria você, que em certas noites o céu exibe imagens impressas em seu corpo cintilante. Mas essas imagens estão longe demais, ninguém sabe de verdade do que elas são feitas. Nossos avós nômades não sabiam se eram de terra cozida, tijolo ou ferro forjado. Eu, quando criança no bairro Château-d'Eau, não fazia a menor ideia. Um dia, talvez, eu tivesse um estalo.

No entanto, nas noites muito escuras, eu não conseguia desviar os olhos da paisagem, do céu e da Lua. Uma lenda que vovó Cochise contava, dos tempos em que via melhor e era mais alegre, falava da Lua de maneira totalmente mágica.

Idriss fez um bom trabalho como treinador. O velho Omar fez o dele. Minha mãe não estava ao meu lado durante a provação. Ela precisava limpar o bumbum do pequeno idiota que tomava as mamadeiras dele e organizava as noites dela às mil maravilhas. Minha convalescença durou o tempo necessário. Uma boa semana com o mínimo de água e alimento. Eu podia contar apenas comigo mesmo para enfrentar os insultos e as pancadas que me esperavam lá fora. Podia contar apenas com a minha obstinação para proteger meu território no interior da família. Não foi fácil abandonar meu corpo, ou mais exatamente meu pênis, às mãos do velho Omar. Não havia ninguém para me consolar. No passado, eu não fora muito simpático com meus raros aliados. Havia sido injusto com Moussa! E com Idriss eu também não tinha sido gentil. Nossa relação se rompeu no dia em que o apelidei de Idriss Boca de Alho. E repare que ele tinha vindo por conta própria me oferecer conselhos antes da circuncisão. No começo eu tinha um pouco de vergonha. Mas não tivera coragem de me abrir com ele. Guardara essa vergonha para mim mesmo como um segredo patético conservado no fundo do coração. Agora estava na hora de me redimir. Fora do bairro, tinha muitos inimigos. No bairro, a situação não não era melhor. Portanto eu precisava de aliados tanto na escola como no bairro.

Não tive oportunidade de agradecer a Idriss no dia seguinte. Ele me ajudara a enfrentar a lâmina do velho açougueiro que era barbeiro no sábado e até na sexta-feira de manhã, para atender os papais que queriam parecer importantes e elegantes tratando dos bigodes antes da oração solene da sexta-feira.

Magro como um bicho-papão, pálido como um fantasma, não preguei olho nos dias que se seguiram à minha circuncisão. Dali em diante, seria considerado um homem pelas pessoas à minha volta, devia parar de me queixar de uma vez por todas. Quanto mais era repreendido, mais eu me fechava em mim mesmo.

Comporte-se como um homem, Aden!

Eu passava o dia deitado ao lado de vovó Cochise. No fim da tarde me levavam de volta para casa. Nos dois casos, deitado e febril, apenas meus olhos se mexiam e só minhas orelhas ouviam e registravam tudo. Eu tinha a impressão de que os meus ouvidos estavam mais aguçados que a minha vista. Ouvia de longe o riscar do fósforo de um fumante parado na esquina. Se vovó Cochise enxergava mal, eu podia anunciar-lhe alguns segundos antes que Ina Peugeot estava vindo cumprimentá-la. Intuía o passo pesado da mãe de Idriss Boca de Alho antes que minha retina avistasse seu corpo obeso. Meu espírito divagava enquanto meu corpo permanecia sob o domínio da febre.

Depois que a noite caía no meu bairro, algumas luzes permaneciam acesas na frente das casas dos mais ricos. Deitado na minha esteira, eu prestava ouvidos ao rumor da noite. Djibuti se transformava numa cidade fantasma, teria dito Madame Annick. À espera de que meu ferimento cicatrizasse, eu me inebriava de ruídos noturnos.
Adeus, meu prepúcio!
Adeus, infância!
Não sou mais um menino.
Alguma coisa começou a se mexer entre minhas pernas.
Mudei.

Nos restaurantezinhos da rua des Gargotes, os clientes se atropelavam na obscuridade. Contava-se que mulheres estrangeiras frequentavam os pequenos restaurantes a dois passos do meu bairro. Pediam uma cerveja, cuja tampa arrancavam com os dentes. Depois, pernas abertas, conversavam entre si, à espera dos homens mais audaciosos. Clientes do restaurante iam ao encontro delas. Depois de rirem junto com elas, tornavam-se seus homens por uma noite. Essas mulheres de lábios escarlates em busca de companhia sabiam esperar. Tarde da noite, o riso delas se estendia até o fundo do meu bairro. Homens bêbados de cansaço despencavam sob as mesas entre as pernas abertas. Entre duas explosões de riso diabólico, elas chegavam ao orgasmo. Fui conhecer essa palavra bem mais tarde. Eu me perguntava como os bêbados conseguiam morder a gordura das coxas delas. Aquelas mulheres estariam só fingindo? Nunca encontrei aqueles homens nem aquelas mulheres, mas todos no bairro conheciam suas proezas.

A primeira vez que tia Dayibo surpreendeu Ladane, a empregada, contando essas histórias, convocou santa Aïcha para vir pessoalmente salvar aquelas "pobrezinhas" e seus infelizes clientes. Vovó Cochise teria repreendido Ladane por ter vindo com boatos daqui e dali. Sua filha, minha tia Dayibo, irmã mais nova do meu pai Amine, adorava secretamente as histórias da empregada. Ela evocava todos os santos e santas que povoavam o céu, mas escutava sempre até o fim as histórias lascivas. Tudo virava verdade para tia Dayibo desde que a voz de quem contava a história fosse cativante. O coração de tia Dayibo aceitava as histórias de Ladane tanto quanto aceitava que a terra havia sido criada em sete dias e sete noites.

Quanto a mim, eu via as coisas de um ângulo um pouco diferente. Só considerava verdade o que me servisse para alguma coisa. Partilhava com tia Dayibo o fascínio pelas histórias da Criação detalhadas no Alcorão, assim como as que haviam acontecido com o profeta Issa, que Madame Annick chamava de Jesus Cristo! A propósito do profeta, tudo estava fielmente registrado, opinava tia Dayibo, que era tão rechonchuda quanto a Rainha de Copas de *Alice no país das maravilhas*. Tudo, desde o dia do nascimento dele até sua morte aos 33 anos. Meu pai Amine ultrapassara essa idade, mas ninguém cultivaria sua memória com o fervor com que cultivava a de Cristo. Quando eu tiver crescido um pouco e Madame Annick ou uma nova professora nos pedir para contar uma história — chamava-se isso de redação, Béa, e em dois ou três anos você, você também produzirá maravilhas nesse exercício —, vou contar uma ou duas aventuras vividas por meu pai, de mistura com as relembradas por Ladane, a empregada, pelo velho tio Aden ou ainda pela avó Cochise, do tempo em que ela era uma pastorinha guardando seu rebanho de cabras. Atenção, vovó Cochise não gostava que a lembrassem de sua idade. Era de outro mundo, de outra época. Quando criança, ouvira falar da dominação dos franceses, dos ingleses e dos italianos, que tinham dividido entre si a terra de nossos antepassados. Isso foi antes do TFAI! Na época, o cérebro de um alto-comissário imaginativo, dos tempos do general de Gaulle, havia dado à nossa terra um nome mais fácil de lembrar.

Três letrinhas.
CFS.
Costa Francesa dos Somalis.

Naquela manhã, tudo começou da maneira habitual, e isso numa época, Béa, em que eu ainda não dançava quando andava. Devia ser uma manhã comum. No país da infância e do calor familiar, os dias precedentes não haviam comportado fatos singulares a registrar. Em todas as manhãs anteriores, o sol deixara seu leito acolchoado para subir ao céu e afugentar as nuvens de mau augúrio. Eu acho — não, hoje eu sei — que minha vida se transformou naquela manhã; que o raio se abateu sobre meus frágeis ombros. Minha mãe me dirá mais tarde que o céu estava claro, espantosamente claro, mas como ela podia ter certeza? O certo é que naquele dia eu acordei cedo e esperei por minha mãe sentado na beira da cama. Esperei por um longo tempo. Depois ela chegou sem dizer uma palavra. Como de hábito, me vestiu na penumbra do quarto. Sempre em silêncio. Pensativa e distante. Sem a sombra de um sorriso, sem um beijo.

Eu me revejo na rua, bem em frente à nossa casa.

Tudo é em câmera lenta, congelado no presente do trauma.

Minha mãe me puxa pela mão.

Eu caio.

Arrasto a calça no pó.

Ela me joga palavras duras na cara, me puxa de novo.

Caio outra vez, arrasto a calça no pó.

Ela para, recupera o fôlego e me puxa uma vez mais.

Ela me puxa com tanta força que sinto minha clavícula se deslocar.

Caio outra vez, uma queda mais feia que as anteriores.

Sinto dor, mas não digo nada.

Nenhuma palavra sai da minha boca.

Minha mãe me puxa de novo.

Eu caio.

É vovó Cochise quem põe fim ao calvário.

Ela estava sentada em seu lugar habitual, desde o nascer do sol.

Com voz firme, repreende minha mãe:

"Você não vê que essa criança não consegue andar?"

Me viro para minha avó.

Minha mãe me puxa de novo pelo braço, caio como nas outras vezes.

Respiração em suspenso, minha mãe enfim larga minha mão.

Ela dá alguns passos, depois senta para recuperar o fôlego.

Fico de bunda no pó.
É o momento mais longo da minha vida.
Aquele em que ela pesa mais.
Minha mãe enfim abre a boca para juntar os pedaços.
"Por que ele está caindo hoje?"
A voz calma de vovó Cochise explode:
"A perna dele não aguenta!"

Aflita, minha mãe corre até mim e me levanta, limpa o pó do meu short.
Seu olhar se amansa.
Ela massageia minha perna.
Eu acho que não sinto nada.
A dor está em outro lugar.
Migrou para a cabeça.
É uma camisa de força.
Que vou usar por toda a vida.

Em casa foi o maior tumulto. Passantes param para recolher migalhas de informação. Vizinhos vão e vêm, cada um mais inquieto que o outro. Matronas consolam minha mãe Zahra como se ela tivesse acabado de perder outro filho pequeno. Passo de mão em mão, como na época em que, recém-nascido, eu só fazia chorar. Sou levantado, examinado, membros superiores apalpados, torso, espinha. Minhas pernas são massageadas. Friccionadas com pomadas. Acho que não sinto quase nada. Exibo uma cara enlutada, olhos redondos e molhados. Não sinto nenhuma dor em particular, pelo menos não tenho a menor lembrança de uma dor, nem sequer de formigamento. Me arrastam de ambulatório em ambulatório. As enfermeiras abrem frascos de álcool e estendem rolos de algodão. Dão uma olhada em minha perna. Nenhuma ferida a limpar. Dizem, espantadas:

"Senhora, não há nada a fazer por ele."

Quando elas nos reveem na semana seguinte, não era mais espanto, mas uma reprovação definitiva.

"Senhora, procure um médico de verdade..."

Acho que, depois da circuncisão, o começo do fim da minha infância havia sido naquela visita ao primeiro médico de verdade que nos atendeu no hospital Peltier, o maior do país. O dr. Toussaint era um verdadeiro francês da França, como Madame Annick. Vestia uma blusa branca que cobria tudo, menos a ponta de seu sapato marrom. Ao escutar seu passo que fez tremer um pouco o piso, percebi instintivamente que o dr. Toussaint tinha pernas sólidas, bem modeladas, firmes dentro de sua meia e um corpo robusto de militar. Ele trocou algumas palavras com a enfermeira, que traduziu na hora para o francês as poucas palavras pronunciadas por mamãe. Semblante grave, o dr. Toussaint finalmente se virou para mim, me avaliou e depois me pegou no colo. Em seus braços, tive a impressão de ser um passarinho flutuando na palma de sua mão. Uma segunda enfermeira chegou com uma grande vasilha azul. Ao depositá-la no chão, ela derramou algumas gotas de água. Suspenso no ar, eu me encolhia com medo do que iria acontecer nos minutos seguintes. Não tive tempo de ler coisa nenhuma na fisionomia de minha mãe. Uma surpresa me esperava. Os olhos verdes do dr. Toussaint continuavam a me escrutinar. Dito e feito, ele se acocorou, nádegas sobre os calcanhares, e nessa posição ele continuava muito mais alto que eu. Com um golpe seco, arrancou minha calça cinza de tanto se arrastar na poeira. Depois me levantou. Meu pequeno corpo flutuava entre seus dois braços robustos. Em seguida, me escrutinou de novo, depois me mergulhou na grande bacia azul. Ele queria que eu sentasse na água, Béa. Que ideia, minha mãe deve ter pensado. E, com efeito, ele estava tentando me colocar outra vez sobre as minhas pernas, me fazer sentar novamente antes de endireitar meu corpo. Durante todo esse tempo, minha mãe não pronunciou uma só palavra. Olhava as mãos peludas do dr. Toussaint apalpando meu corpo inteiro, da cabeça aos pés. Ela nunca tinha visto um médico me examinar daquela maneira. E dessa vez não era num ambulatório de bairro. Estávamos no hospital Peltier. Um médico de verdade conversava com minha mãe Zahra. Ela não entendia a língua de Madame Annick, mas uma enfermeira fazia seu trabalho de traduzir as palavras dela para o dr. Toussaint. O silêncio de minha mãe era solene. Sozinha em uma ilha deserta cercada de tubarões-buldogues, ela teria sido mais loquaz que diante daquele médico que a escrutinava com a lâmina de seus olhos verdes e luminosos como safira.

Minha mãe achou que ele quisesse lhe subtrair alguma coisa. Se alguém lhe fizesse uma pergunta precisa, ela diria, em defesa própria, que ignorava completamente o mal que me corroía fazia alguns dias. Que uma manhã me levantei desse jeito. Será que a pessoa acreditaria nas palavras dela? Se a pessoa quisesse ir mais fundo, ela diria que havia sido a última a perceber que uma força estranha e desconhecida me puxava o tempo todo para baixo; que ela havia insistido comigo sem sucesso. Que o resultado era sempre o mesmo: eu caía de bunda no chão. Com o dr. Toussaint, ela foi mais loquaz. Contou que tinha sido a avó a localizar a fonte do problema: minha perna direita. Era a perna direita que se recusava a obedecer toda vez que ela tentava me puxar, como fazia todos os dias, pois pela manhã precisava se ocupar de mil pequenas coisas e não tinha tempo de satisfazer meus caprichos. E como eu continuava sendo uma criança distraída e preguiçosa, ela estava simplesmente me fazendo um favor ao me sacudir daquela maneira. Tudo isso ela teria revelado ao dr. Toussaint se ele tivesse lhe pedido para discorrer sobre aquele dia e aquele problema que nos levariam a solicitar os serviços dele três dias depois. O dr. Toussaint permanecia insensível ao fluxo de pensamentos que se atropelavam na cabeça de mamãe. Ele havia continuado a apalpar meus braços, pernas e mesmo os ossos da minha cabeça. Eu ouvia a respiração lenta e calma dele. Era um passarinho em suas mãos. Um objeto de estudo. Um enigma.

Com as muitas carícias e palavras carinhosas proporcionadas pela família, encontrei um pouco de conforto. Minha perna já não doía tanto, mas eu sabia que o problema não estava encerrado. Ignorava se a cura seria demorada e me preparava do meu jeito, evadindo-me de todas as maneiras. Eu passava dias inteiros quase imóvel. Habituei-me a contemplar as pessoas e as coisas em torno de mim. Como neto de nômades, eu sonhava com animais familiares. Fantasiá-los por perto funcionava como um bálsamo para o meu coração. Eu me imaginava acariciando o pescoço de um carneiro, passando a mão ao longo de seus chifres, afastando as moscas que rodavam seus olhos. Eu me via ora como bode amuado, ora como cordeiro balindo, indiferente ao olhar dos adultos. Refugiava-me também no passado. A máquina de voltar no tempo não tinha mais segredo para mim, eu a desmontava e a remontava como um mecânico desmonta a peça de um veículo, limpa-a e na mesma hora a remonta sob o capô. Essas fantasias tinham muitos encantos. Bastava eu fechar os olhos, Béa, para reencontrar todas as imagens e sensações. O balé das formigas no pátio da minha escola primária e o portal da escola, metade branco, metade azul, era outra de minhas distrações preferidas. Eu contemplava igualmente as longas trilhas de cinza que saíam da cozinha da nossa casa, se esgueiravam entre as marmitas, jarras de barro e caçarolas de alumínio e depois iam se perder nas casas vizinhas. As formigas! Que balé, que paisagem! Observar formigas não é uma coisa tão fácil como você poderia pensar, minha filha. É preciso dispor de tempo e não se deixar contaminar pelo barulho da cidade.

Eu tinha todo o tempo do mundo. Agora as outras crianças que não eram mais minhas amigas jogavam intermináveis partidas de futebol nos terrenos baldios. Apenas as formigas me faziam companhia. Elas estavam lá ao meu dispor, como os lagartos. Sempre fiéis, de dia e mesmo de noite.

Um dia minha mãe resolveu me levar à praia de la Siesta. Me separei das minhas formigas com tristeza. Tia Dayibo ia também. Chegando à praia as duas se embrenharam em uma longa conversa em que se falava de casamento, dote e batismo. Não havia formigas na praia. E foi melhor assim, senão o vento que vinha da cidade as teria levado e jogado no mar, que começava a açoitar os rochedos.

Eu me sentia sozinho.

Sem minhas formigas.

Sem meus lagartos.
Só, mais uma vez.

Por mais que eu tentasse achar uma distração, não havia alternativa senão minha mãe.

Joguei uma pedrinha na direção das mulheres para chamar a atenção. Elas continuavam conversando. Um minuto depois joguei outra pedrinha, e essa provocou uma reação em minha mãe. Ela enfim compreendeu minha manobra.

Eu (de frente): Mamãe, você pode me levar até a água para eu tomar banho? Não aguento mais, já faz uma hora que estou com a perna na areia.

Ela (de costas): O doutor disse que areia é bom para a sua perna.

No bairro, as línguas se soltaram. Os mais indelicados se condoeram da minha mãe, do meu pai e da casa inteira. Os mais imprudentes apontaram o dedo para a minha avó, murmurando que fazia anos que a família só colhia o que a matriarca semeara. Mas o pior da história, indignavam--se os mais temerários, é que tudo recaíra na cabeça de uma pobre criança que não havia ofendido nem ao Senhor nem a Satã. Os mais delirantes imaginavam que o bom dr. Toussaint, por ter se apegado ao meu caso, ia me mandar à França para fazer uma cirurgia. Depois de algumas semanas, os médicos franceses tirariam o pino e os pregos da minha perna e eu faria minha reabilitação em uma instituição apropriada. Na volta usaria um sapato ortopédico que eu não precisaria engraxar todos os dias, porque ele deveria conservar a sua bela cor preta.

Depois do sarcasmo e das insinuações dos adultos, as coisas adquiriram outro aspecto. Recebi em cheio os insultos dos filhos deles. Gemi sob as pancadas. Fugi pulando numa perna só quando algum moleque, em geral o mais fraco e calado do bando, decidia me fazer de alvo. Pedras voavam sobre a minha cabeça. Minha única saída era fugir: fugir para longe. Fugir, mesmo com só uma perna saudável.

A chuva de pedras era menos frequente que os socos na cara ou na barriga. Menos frequente que as cusparadas no rosto. Mas todos os dias eu tinha direito aos mais variados insultos. Todos juntos, eles formavam um colar abjeto.

"Com essa perna, ele não vai mais poder correr atrás dos cabritos, como os seus antepassados nômades."

"O único jeito vai ser você se dar bem na escola!"

"Não é com esse físico que você vai se sustentar como estivador no porto."

"Você viu como a perna dele parece um saca-rolhas?"

"Não vai ser com o seu pé aleijado que você vai fazer gols de pênalti."

"Vejam só a perna de velho dele, magrela e torta. Um exemplar único no mundo!"

As lembranças dos ambulatórios iam ficando cada vez mais longínquas e as recomendações do dr. Toussaint, esquecidas. Ossobleh era o novo rei da casa. Em segredo, eu odiava a família inteira, mas guardava esses pensamentos para mim. Aliás, nunca ninguém teve a ideia de me perguntar coisa alguma. Ninguém se preocupava comigo. Eu crescia no meu ritmo bizarro. Ninguém esperava por mim. Eu armava planos na cabeça, Béa: correr para agarrar aquele mundo que me escapava. Abandonar de vez aquele mundo complicado.

Sabe, Béa, toda vez que penso nesse episódio a ferida se abre. Ela se abre porque sou obrigado a mergulhar novamente no que vivi depois daquela manhã funesta. As lembranças vêm de todos os lados. A memória é uma força imperiosa, uma corrente que arrasta tudo ao passar. Ela me faz reviver, neste instante mesmo, aquelas imagens vistas e vividas que apertam meu coração e me inundam de suor. Você me perguntou por que eu danço quando ando. Agora você sabe por quê. Tudo começou naquela manhã, na poeira do pátio de casa. Eu tinha o quê, Béa? Sete, oito anos, sua idade ontem. E se esse passado parece distante, as lembranças me transportam outra vez para ele. E o longínquo de repente parece próximo. Depois daquela provação, sou o mesmo e sou outro, minha pequena Béa.
Outro, sim.
Outro que dança todos os dias.
Outro que dança sem querer.
Outro que dança quando anda.

Tanto eu andava atrás de Ladane que esquecia o encanto do colégio. Deixava de lado a leitura, que é uma espécie de conversa com fantasmas que chamamos de personagens. Não era preciso ser um gênio para saber que Ladane não era um fantasma. Seu rosto, seus lábios taciturnos, seu penteado desleixado, tudo contribuía para me repugnar. Eu não desprezo a leitura, e, como eu, Béa, você ama essa atividade. Mas no bairro nem todo mundo partilhava desse gosto pela leitura. Cuidado, você vai ficar cego, a minha mãe Zahra me prevenia, tomada pelo pânico ao me ver devorar um *Pif, o cachorro* ou uma *Picsou Magazine*.

Se a paixão pela leitura permitiu que eu me aproximasse das garotas que me intimidavam, essa paixão também tinha um preço. Por eu amar a leitura mais que tudo e por-

que duas ou três garotas partilhavam do meu vício, eu me tornei objeto da zombaria dos garotos.
"Veado nojento, corra, se é que pode!"
Insultado o tempo todo.
Cem vezes ridicularizado.
Recebi pontapés raivosos.
Suportei insultos vulgares:
"Bicha, fora daqui!"
Apressei o passo.
Os gritos e risos redobravam:
"Cuidado pra não cair!"

Com meu livro ou minha revista embaixo do braço, tentei correr para escapar da perseguição. Certa manhã, alguns idiotas me perseguiram com expressão carniceira. Eu sentia a respiração deles na minha nuca. Sem muito fôlego, corri como pude, enquanto procurava algum adulto com os olhos. Por sorte, havia um grupo de mulheres não muito longe. Daquela vez eu estava salvo. Se tinha me aventurado para longe do meu bairro, fora para pedir uma revista emprestada a umas garotas que me emprestavam revistas depois de lê-las. Elas sabiam que eu lia tudo que me caía nas mãos. Não dispensava nem mesmo fotonovelas como *Nous Deux*. Livros, revistas e histórias em quadrinhos eram iguarias raras no meu bairro. Eu estava sempre disposto a enfrentar o calor e os insultos para ir buscar um livro velho e rasgado ou uma *Paris Match* encharcada do outro lado da cidade. Em outra ocasião me aventurei, mancando, a ir até um lugar tão distante do meu bairro que me perdi numa floresta de casinhas de madeira e ruas anônimas. Andava em círculos, e por azar passei pela segunda vez por uma ruela cheia de pedras. Ao me ver vagar, um cretino de short cáqui se levantou e avançou para cima de mim. De repente pegou uma garrafa e a jogou na direção do meu rosto. A garrafa se espatifou a poucos centímetros da minha testa. Quase me deixou sem um olho.

"Veado nojento! Da próxima vez, não vou errar seu cu!"

Esse incidente me desanimou por algum tempo, Béa. Com o passar dos dias, minha reserva de livros e revistas foi se dissolvendo como as gotas de chuva na planície ressecada de Yoboki. Eu precisava voltar à ação, o medo na barriga. Precisava saciar minha sede de leitura, agitar meus neurônios, manter meu espírito desperto. Eu lia tudo que me caía nas mãos porque meu apetite continuava vivo. As informações nas latas de conservas e nas embalagens não escapavam aos meus olhos exploradores. Tudo que por milagre aterrissasse na nossa comunidade, cedo ou tarde eu acabava achando. Histórias em quadrinhos rasgadas? Sim. Os belos romances que Madame Annick mencionava deliciada? Não. Jamais vi no meu bairro *Os mistérios de Paris*, *Cartas do meu moinho*, *Os três mosqueteiros*, *A pequena coisa* ou *Sem família*.* As coisas que aconteciam na escola nunca chegavam a se introduzir em nossas casas. Por outro lado, os odores e o barulho infernal do nosso

---

* Respectivamente, romances de Eugène Sue (publ. 1842–43), Alphonse Daudet (1869), Alexandre Dumas (1844), Alphonse Daudet (1868) e Hector Malot (1878). (N. T.)

bairro jamais ultrapassavam os portões da escola de Château-d'Eau. Apenas as crianças passavam a manhã do bairro na escola. Depois voltavam para casa no fim da tarde. Quando eu voltava para casa ao sair da escola, acontecia de recitar algum poema ou canção que Madame Annick havia começado por ler para nós para depois pedir-nos que sublinhássemos as palavras difíceis para em seguida nos explicar seu significado. Quando eu voltava para casa, tendo na boca parte do poema ou um pedaço de narrativa, as coisas se passavam sem dificuldade. Mas se eu recitasse "Sur le pont d'Avignon" para a criadinha Ladane, que me escutava até o fim, com os olhos castanho-claros mergulhados nos meus, minha mãe se retirava depois de dois versos e vovó Cochise me repreendia antes mesmo de eu abrir a boca.

Ladane me escutava até o fim. Perguntava, com seu ar de cachorrinho, do que falava a canção. Eu lhe contava o que havia guardado das explicações de Madame Annick. Repetia que os franceses da França são pessoas felizes que dançam a noite inteira ao clarão da Lua. Ela se espantava e depois me perguntava se com eles era assim mesmo o tempo todo. Não, o tempo todo não, mas com frequência, eu dizia. E esse Davignon, é o quê? Eu suspirava, inventava uma história procurando esconder meu embaraço com uma gargalhada. Depois remendava contando vantagem. Simples. É uma ponte, é uma ponte. Basta prestar atenção na canção, Ladane. Tem a torre Eiffel — dessa ela se lembra porque viu num cartão-postal — mas tem também a ponte Davignon. Recitei para ela as grandes cidades da França, como Paris, a capital das mil luzes, como Marselha, de onde vem o melhor sabão, que lava melhor que todos os sabões das nossas famílias juntas. Como Toulon, onde tem também muitos soldados e muitos navios militares. Eu ainda não sabia de que cidade era Madame Annick, mas agora isso já não tinha grande importância para mim.

Ladane chegou à nossa casa durante a estação das chuvas, logo depois do fim do meu curso primário. Assim que a vi, me apaixonei. Como um cão atrás do dono, eu vivia em volta dela. A danadinha não era inocente quando levantava um pouco a barra do vestido e eu podia ver por baixo dele, de relance, suas coxas musculosas de caminhar. Ela não ficava nada atrás das colegiais francesas que se exibiam de maiô na praia dos Tritons e gritavam de alegria ao sair da água, torcendo o cabelo como as sereias, para escorrer a água. Nenhuma se igualava em charme e em mistério à Lois Lane envolta pelos braços vigorosos do Super-Homem. Minha Lois Lane, você já percebeu, era Ladane. Ela era de uma beleza rústica. Cheirava a óleo de fritura e detergente. Seus eflúvios me embriagavam assim que ela passava por perto. Quando ela lavava a louça, eu admirava a ponta de seus dedos longos na água com sabão. Quando se curvava para arrumar os pratos, eu varria suas costas, suas panturrilhas e, sobretudo seu traseiro com o olhar.

Alta, magra, mas suave, Ladane não havia sido bem alimentada em sua rude juventude. Suas bochechas eram cavadas, mesmo quando ela caía na risada sussurrando para mim palavras inaudíveis. Seus joelhos se entrechocavam quando ela andava. Ladane era mais velha que eu, acho que tinha uns dezessete anos. Nunca havia posto os pés numa escola. E não era casada. Antes de ir bater lá em casa, trabalhara para uma família que morava em outra cidade, ou em um vilarejo maior chamado Dasbiyou, ou Daouenleh, não lembro mais. A seca havia destruído o cerrado que viu Ladane nascer. A miséria dispersou sua família, jogando um membro aqui, outro mais adiante. Eu estava contente por ela ter escolhido a nossa casa. Levantava-se antes de todo mundo, antes até do galo que soltava seu irritante cocoricó.

Eu acabava de entrar na adolescência. Talvez você possa me entender, agora que acaba de passar por isso. Não lhe peço satisfação sobre seus amigos, não quero parecer ridículo. Ladane é a bandeira sob a qual naveguei nos primados da minha adolescência. Ladane me subjugou muito cedo. Ela era a flor de lótus que reinava na lama do meu bairro. Um corpo e tanto, a diabinha. Certo, ela não tinha força nos braços, um pouco longos para o resto do seu corpo. Ladane tinha dificuldade em erguer o balde de água acima dos ombros. Quando eu me levantava para ajudá-la, vovó Cochise me olhava enfurecida. Ladane tinha que varrer o pátio, lavar a roupa, correr à mercearia de Hadja Khadîdja para trazer um quilo de arroz, um molho de alho-poró ou uma lata de sardinhas, conforme o dinheiro que minha mãe lhe dera. Eu não tinha que me meter nessas tarefas domésticas, que cabiam unicamente a Ladane. Devia me concentrar nos trabalhos escolares, pensava Cochise, que me autorizara a ir até a loja de Hadja Khadîdja, onde havia toda sorte de produtos possíveis e imagináveis: desde queijo ralado até ratoeiras para camundongos, ratos e pequenas serpentes, que são mais perigosas que as grandes jiboias.

Eu tinha medo de tudo, não adormecia facilmente. Medo de Hadja Khadîdja, quando ela enfiava os dedos de aranha nos sacos de arroz, de farinha ou de feijão-vermelho e eles saíam todos brancos, cobertos de amido. Hadja Khadîdja metia o indicador e o polegar na boca e os lambia com ostentação, chupava-os com um prazer evidente. Assim que a criadinha Ladane se posicionava diante da gorda Hadja Khadîdja, começava a gaguejar e a derramar-se em desculpas. A ogra de dedos cheios de anéis a repreendia com maldade.

Todas as manhãs minha mãe enfiava um dinheiro na palma da mão direita de Ladane. Tentei muitas vezes adivinhar quanto, mas nunca soube com certeza. Uma ou duas vezes, cheguei a ver de perto a nota amassada e duas ou três moedas, mas ainda não era suficientemente bom em cálculo para descobrir o total. Madame Annick teria me repreendido se soubesse que eu não era dotado para aritmética, embora estivesse na escola. Em função dessa soma, eu podia ou não pedir guloseimas ou bebidas. Eu pouco me importava com cones de amendoim frito. O que eu queria era ir atrás de Ladane e admirar a longa trança que descia por suas costas e balançava a cada movimento de suas ancas. Se Ladane saía correndo, eu via de longe a mecha sacolejar e acariciar suas costas. Eu arrastava minha perna boba, mas atenção: tinha boa visão e todo mundo reconhecia meu olhar penetrante.

Eu trotava atrás de Ladane para admirar a suavidade de seus músculos dorsais. Ela teria feito maravilhas na natação, como sua mãe Margherita, Béa, que encadeia crawls e dá braçadas com uma facilidade desconcertante. Ao contrário de Moussa, meu vizinho de carteira na escola, que não falava mais comigo havia semanas, eu não sabia nadar. Eu chapinhava no mar, nunca tinha posto os pés numa piscina. Não havia nenhuma na parte nativa da cidade da minha infância. Outro ponto de divergência com Moussa era que eu não gostava nem de bolinhos fritos nem de samossas. Detestava ovos, eles deixavam o interior da boca seco. Quando a mãe de Moussa os dava a ele, não havia engano, porque ele soltava uns arrotos podres. Eu tampava o nariz, balançava a cabeça. Moussa continuava a traçar letras redondas com sua caneta nova em folha. Fingia que não tinha me visto fazer caretas de nojo. Por fim eu apertava o nariz com os dedos. Moussa continuava seu exercício como se nada estivesse acontecendo. Talvez imaginasse que eu era um fantasma, como aqueles das histórias em quadrinhos que Madame Annick costumava ler para nós no fim do dia, quando a gente havia feito um bom trabalho na escola.

Não há dúvida, Ladane era inocente. Ela vinha do mato, seus pais não tinham meios para mantê-la a seu lado porque eram pobres ou haviam morrido. Eu não compreendia como os adultos podiam fazer dezenas de crianças e depois deixá-las ir embora ou depositá-las aqui e ali como se fossem bagagens incômodas. Eu odiava os adultos e imaginava que, quando jovens, os pais de Ladane eram a mesma espécie de terrorista de Johnny e seu bando, que semeavam violência por onde passavam. Quando eu me referia aos pais dela, Ladane me olhava com olhos de cão assustado. E ela não era mais uma garotinha; era uma jovem desejável que ia fazer dezessete anos. Pelo menos é o que ela dizia a todo mundo, porque vinha do mato e lá nos *djebels** ninguém

*   Palavra árabe incorporada ao francês corrente. Designa montanha ou maciço montanhoso na África do Norte ou no Oriente Médio. O termo é associado a um lugar onde predomina um sistema de vida rústico: comunidades pastoris ou camponesas. (N. T.)

conhecia sua data verdadeira de nascimento. Ninguém havia entoado uma canção no dia de seu nascimento. Ninguém havia feito um bolo como os que Madame Annick fazia para seus filhos. Ninguém havia comunicado o nascimento ao imã ou ao funcionário do cartório civil. Mas onde eu estava com a cabeça, Béa, não havia mesquita no *djebel*. As beatas tinham que se virar sozinhas nos seus *gourbis*,* ou melhor, no seu buraco na montanha, onde não havia eletricidade nem louça. Elas não se beneficiavam da ciência religiosa para crescer. Eu sabia por vovó Cochise que toda aquela gente tinha os olhos um pouco próximos um do outro e as sobrancelhas em forma de acento circunflexo. Tinham um ar idiota porque todas as noites as crianças procuravam a luz naqueles *gourbis* mais escuros que o cu de Satã. Alguns não limpavam a baba que escorria de sua boca. Eram conhecidos como os idiotas da montanha. Acabavam se tornando açougueiros ou assassinos. Felizmente Ladane havia escapado da seca e da fome do *djebel*. Mesmo que lá em casa ela tivesse que trabalhar da hora em que o galo cantava até o pôr do sol. Mesmo que precisasse correr até o canto do pátio que servia de cozinha para remexer nas caçarolas e trazer para mamãe o prato de feijão branco ou a sopa de grão-de-bico que meu pai adorava. Assim que ela ouvia o barulho infernal da Solex de papai, Ladane saltava como um felino. Ficava em ação até o fim do jantar. Em seguida, precisava lavar a louça e arrumar a cozinha. Se Papai la Tige deixasse alguma coisa no fundo do prato, era preciso repassar à minha

---

* Na África do Norte tradicional, moradia elementar, de cômodos retangulares, com entrada de luz unicamente pela porta. (N. T.)

avó. Vovó lembrava a Ladane que não convém entupir-se de comida à noite porque não era muito bom para a digestão, exceto para crianças como Ossobleh, que podiam se empanturrar a qualquer hora e deixar como provas cocôs bem moles e bem fedorentos. Vovó adorava cheirá-los, com alegria e emoção. Preferia os cocôs verde-amarelos de Ossobleh, que tinha quase cinco anos, aos meus cocôs de cabra. Não era culpa minha se eu não gostava de comer, se a minha perna ainda doía, se a visita ao médico não tinha dado em nada ou se aquela perna me enchia de vergonha. Não era culpa minha se Ladane havia surgido lá em casa e se eu amava os olhos castanhos daquela filha do *djebel* muito mais velha que eu. Em um ou dois anos, vovó iria encontrar um marido para ela, um açougueiro da montanha talvez, e eu seria obrigado a encontrar um muro onde me esconder, soluçar e gritar meus lamentos, bem longe da minha avó.

Nunca mais vi Moussa Zoio. Apelidei-o assim porque ele fazia um esforço danado para dominar os plurais complicados. Foi o primeiro, mas certamente não o último, a dizer "*les chevals*", "*les animals*" e "*les œils*"* na turma da quarta série. Passou para o secundário por milagre, o Moussa Zoio. A maioria dos estudantes da escola de Château-d'Eau não havia ido tão longe, Béa. Por que ficar mais tempo ainda na selva da língua francesa? Terminada a escola, a rua era deles! E se quisessem ainda brincar e sonhar

* "*Cheval*", "*animal*" e "*œil*" têm plural irregular, em francês. Moussa faz "um esforço danado" para acertar os plurais porque aplica a regra do plural regular: para "*cheval*", em vez de " *chevaux*", diz "*chevals*", para "*animal*", em vez de "*animaux*", diz "*animals*". Para "*œil*", em vez de "*yeux*", diz "*œils*". (N. T.)

como crianças, os pais estariam lá para reconduzi-los ao bom caminho. Os filhos de açougueiro logo iriam se armar com facas e cutelos. Os filhos de carpinteiro iriam posicionar atrás da orelha um lápis herdado do pai ou do avô. As filhas de padeira se encarregariam das cestas de pão. Os garotos cujos pais conduziam ônibus, como o pai de Moussa Zoio, se acomodariam atrás de um volante. Eu não saí dos trilhos. Ninguém quis me empurrar para uma direção qualquer. Mantive o rumo. Saí da escola de cabeça erguida. Fui, como estipulava meu boletim escolar, "autorizado a continuar os estudos no ciclo secundário". Mas isso não foi tudo. Recebi a menção "Incentivos do diretor" e ganhei uma porção de livros.

Nunca mais vi Moussa Zoio, que com dez, onze anos, era um garotão forte. E valentão também. Corriam rumores estranhos a seu respeito. Alguns afirmavam que ele estava atrás das grades, que tinha sido apanhado por pequenos delitos. Outros garantiam que ele frequentava os bares dos legionários, que tinha se tornado a mulherzinha deles. Antes dele, inúmeros rapazes e moças haviam caído nessa armadilha. Nunca se vira alguém sair vivo do mundo pantanoso e reptiliano dos legionários.

Certo dia, dois anos antes, eu estava na grande estrada que atravessa nosso bairro do Château-d'Eau, segurando a mão da minha tia Dayibo. Naquele dia, ela estava andando depressa, pensamento longe. Eu trotava um pouco atrás dela e de vez em quando, a cada trinta segundos, ela me puxava com força e me projetava para a frente. Sempre que ela fazia isso, eu quase caía, mas a energia da minha tia me reaprumava sobre as pernas. Ou mais exatamente sobre a minha perna esquerda, a saudável, enquanto eu mancava como o diabo do lado direito. Era o meu novo hábito: capengar *rockabilly*, como aprenderia dez anos depois. Era meio-dia e tia Dayibo não suava. Não estava com mau hálito. Foi uma das minhas primeiras saídas a pé. Minha perna boba levantava um pouco de poeira a cada passo capenga. Eu media os progressos feitos: estava andando e, quem sabe, logo iria correr. Voar. E jogar futebol de novo com os pirralhos que haviam me expulsado do time do bairro que nem era um time de verdade. Nenhum jogador tinha o calção certo, camisa, e chuteira com travas. Além disso, todas as crianças que estivessem por ali tinham o direito de participar. Em resumo, não era um time, mas uma zorra. Assim mesmo, de longe eu os invejava.

A meio caminho, um grupo de vastos caminhões lotados, cheios de legionários franceses, se aproximou no sentido inverso. Tive a sensação de que eles estavam olhando para nós. Meu coração batia forte, mas minha tia não dava a impressão de diminuir a marcha nem de ligar para o trânsito. Sem fôlego, parei. Minha tia fez a mesma coisa, nada satisfeita.

— Vamos, nada de parar no meio da calçada.

Tive a boa ideia de fazer uma pergunta a ela, só para ter tempo de recuperar o fôlego. Era sempre assim, eu tinha que contar com meu cérebro quando as pernas falhavam.

— Por que eles estão na nossa terra?

— Como assim?

— Por que eles vieram para cá?
— Porque eles são nossos colonizadores.
— Nossos co...?
— Porque eles são mais fortes que nós.

No fim do meu segundo ano de colégio, o verão de 1978 anunciou-se excepcionalmente ameno. Naquele período do ano, era comum todo mundo se esconder logo que o vento ardente do deserto começava a soprar sobre nossas casas de telhado de alumínio. Desde maio, o Khamsin[*] fez uma investida, no começo tímida, mas que depressa ganhou força. A canícula recobriu a cidade. Em pouco tempo o ar ficou sufocante. Grandes auréolas surgiram sob as axilas. Era preciso trocar de camisa logo, tomar um banho. É o que meu pai fazia sempre no meio do dia, antes de subir na sua mobilete para voltar ao trabalho. Eu não trocava de camisa, Béa. Eu só usava camisetas detonadas. Então, tempestades começaram a fustigar ruidosa-

---

[*] Vento quente, seco e arenoso que sopra do sul no norte da África e na península Arábica. *Khamsin* é uma palavra árabe que significa "cinquenta". O vento é assim chamado porque essas tempestades de areia sopram esporadicamente ao longo de cinquenta dias. (N. T.)

mente os telhados do bairro, forçando a chefa da família a abandonar seu posto de controle. No entanto só ela conseguia me acalmar, uma vez que meus pais tinham outras ocupações na cabeça. Depois das tempestades, chegou o ciclone que destruiu a cidade. Culpa da monção vinda da Índia, soubemos depois. O telhado da casa não resistiu por muito tempo à ventania que trazia do mar um cheiro de peixe podre. Trombas d'água rebentaram nas ruelas, levando postes de eletricidade, carros. Em seguida, carregaram troncos de árvore e pedaços de casas arrancados de suas bases. O rio Ambouli saiu do leito para causar desolação.

Fiquei sem voz diante do espetáculo da morte. Bois inchados, vacas sem casco e carneiros sem rabo assavam ao sol. Mas não era só isso, Béa. O ciclone matou pessoas também. Com frequência encontravam-se cadáveres no mangue ou no mar. Tudo ia parar ali. As mães laceravam o rosto porque seus filhinhos não tinham voltado para casa passados três dias, depois se reuniam diante do rio Ambouli ou sobre as ruínas de seus antigos bairros. Rezavam com todas as forças. Todas temiam a mesma coisa: encontrar-se diante do cadáver do filho carcomido pelas águas.

Você precisava ver como eu rezava com elas. Tia Dayibo sentia orgulho de mim. Ela me dizia que nossa santa mãe Aïcha amava adolescentes como eu. Eu sabia que as preces não mudavam o curso das coisas, mas elas modificavam as pessoas que, estas sim, podiam alterar as coisas. Eu não me contentava em rezar. Tinha um plano para lutar contra o ciclone. Quanto mais cedo, melhor. Talvez a partir do mês seguinte, *inch Allah*. Se os adultos pedissem minha opinião, eu lhes indicaria o caminho a seguir. Existia realmente uma solução e eu a encontrara sozinho, prestando atenção às histórias que vovó Cochise tinha me contado fazia pouco tempo, quando a febre me castigava. Quer saber minha solução? É muito simples, Béa. Para evitar danos à cidade, bastava cobrir com um betume bem espesso o telhado dos prédios e das casas, sem esquecer os veículos e os troncos das árvore. Foi o que o velho Nouh, ou Noé, fez para impermeabilizar a Arca. As águas do Dilúvio deslizaram sobre a Arca, sem pôr em risco a vida dos animais que se agitavam lá dentro. A chuva podia cair a cântaros, os rios, sair de seus leitos, os campos, virar lagos e os lagos, mar, a Arca estalava, balançava, rodava, mas se segurava. Por sete semanas foi posta à prova e suportou o embate. No último dia da sétima semana, um arco-íris a saudou. Noé realizara esse feito há mais de 2 mil anos. Minha proposta era reproduzir esse feito. Seria essa a minha sugestão, se os adultos se dignassem a prestar atenção em mim.

Depois de alguns dias de pânico, o dilúvio chegou ao fim. As preces dos habitantes não haviam contado para nada. A monção era uma coisa que chegava e depois ia embora, como o siroco na Sicília, onde passamos as férias de verão. Tudo acaba cessando. Veja só: logo depois do ciclone, meu moral ficou bem baixo, porque Ladane andava muito ocupada e eu já não tinha grande coisa para ler. Minha velha caixa de histórias em quadrinhos e livros tinha sido levada pela enxurrada. Impossível encontrar uma revista velha ou uma *Paris Match* com a foto do imã Khomeini, que no ano anterior havia tomado o trono do xá do Irã. As pessoas tinham necessidades mais urgentes. Sem água, sem eletricidade. Sem esgoto, sem mantimentos. A fome nos ameaçava. Toda manhã eu me surpreendia por me encontrar vivo. Minha perna doía demais. Não havia medicamentos para me aliviar. Havia apenas a dor. Havia a raiva. O ciúme. O ressentimento. Eu tinha quase catorze anos e estava solitário. Os outros adolescentes mantinham distância, como se eu fosse um pestilento.

Minha perna me afastava dos garotos da minha idade.
Eu queria ter jogado futebol com eles nos terrenos baldios.
Minha raiva incubava dentro de mim.
Ela não se expressava abertamente.
Eu tinha medo de levar um tabefe de um garoto ou de um parente.

Eu achava graça de alguém dar o título de profissional da cura a incapazes que, como o dr. Toussaint, haviam permitido que seus pacientes patinhassem numa vasilha azul. Apesar do jaleco branco, eram incapazes de curá-los. Incapazes de atribuir um nome à doença que corroía seus ossos. Aquele dr. Toussaint era um porcaria nenhuma. Seu título era um insulto à profissão. Um insulto aos verdadeiros franceses da França. Aqueles com os quais eu havia convivido eram bons e eficientes, como Madame Annick. O tal doutor não podia ser francês. Um impostor, Béa! Talvez belga como Hergé.

Meus pais também, uns porcaria nenhuma, piores que os outros adultos. Eles fingiram ignorar minha dor revigorada pelo dilúvio, pelo menos é o que eu pensava. No entanto, um dia eu caí das nuvens. Jamais esquecerei esse dia em que surpreendi meu pai numa choradeira desatada. Sua tristeza nada tinha a ver com os meus tormentos. Todos os adultos estavam chorando naquele dia. E nós, as crianças, chorávamos também para acompanhar. Alguns pais barbados e tudo mais soluçavam até se engasgar, outros fungavam ruidosamente. Meu pai estava na média, porque ele também amava o presidente egípcio Gamal Abdel Nasser, que dera nome à nossa avenida e que acabara de morrer. A notícia que derrubara todos os adultos era justamente a morte do general Nasser, sobre quem eu ignorava tudo. No colégio, seu nome nunca havia sido mencionado na aula de história.

No entanto, no bairro contavam que o general Nasser havia fornecido armas e víveres no momento em que nosso povo teve mais necessidade, quando os legionários franceses massacravam ou deportavam aqueles que não queriam mais saber da França. Estes últimos queriam libertar o TFAI. Sim, libertar o TFAI, ou seja, expulsar os franceses a golpes de fuzil egípcio. Eram os independentistas, como aprendi mais tarde. Os *gaullistes* que comandavam o território os aprisionaram ou deportaram para a metrópole. Os demais militantes foram exilados para o país vizinho: a Somália. E aí, depois das destruições do ciclone, Nasser morria sem avisar. Por isso havia 24 horas que os adultos estavam chorando, dando murros no próprio peito para expressar sua impotência e seu desespero. Então esse general Nasser havia estado do nosso lado. Sem seu apoio, as coisas teriam ido de mal a pior. O TFAI seria TFAI para sempre?

O mal que me consumia tinha um nome: poliomielite. E uma origem: a rasteira de Johnny. O mesmo Johnny que atacou o único cão do bairro. Um cão que assombrava minhas noites. Quando Papai la Tige chegava muito tarde, o cachorro latia timidamente. Era um vira-lata imundo que tentava marcar presença com pequenos latidos. Voltava a se deitar ao saber que ninguém prestava atenção nele, recaía na letargia de cão velho, sonhando com o osso que o esperava no dia seguinte na velha lata que lhe servia de tigela depois que o galo da vizinhança tivesse soltado seu cocoricó irritante. Eu sempre me perguntei por que os olhos dos cães estão sempre com sede. Você os pintava com cores bonitas, quando menina desenhava cachorrinhos bem-comportados. Você até os preferia a cavalos e unicórnios. Com seis anos, você nos perguntou por que não tínhamos um cachorro ou um gato em casa. Você sabia que Margherita tivera, durante toda a infância, um dálmata. Depois, o que era para acontecer, aconteceu. Os cães não sobrevivem a seus donos ou donas. A morte de Maïa fez sua mãe experimentar um luto profundo, e acho que ela não quis que você vivesse uma experiência similar. Nada de animais domésticos na paisagem da minha infância. Exceto o velho cachorro imundo. Como todos os seus congêneres, ele tinha olhos sedentos. Eu sentia vontade de lhe dar água para que seus olhos voltassem ao normal; tudo bem, eles podiam chorar, mas que ficassem normais, quer dizer, sempre molhados e cheio de moscas. Quando criança, eu queria gritar: "Ei, cuidado, sr. cachorro, senão os médicos vêm dar uma injeção em você!". Os médicos de olhos dão injeção nos seus olhos e, se doer, eles nem ligam. Dizem que é para o seu bem, e você tem que ficar com a bunda sentada e bem reto. Se você se mexe, a agulha pode fazer estragos no seu olho. Seu olho não terá mais sede, ele vai ficar mortiço como o olho direito de Askar, o Louco, que nem sabe em que dia aquele olho dele ficou todo branco e imprestável.

Os olhos sedentos do velho cão assombraram minhas noites por muito tempo. Ele se arrastava sobre o traseiro, os vizinhos não notavam mais sua presença, com exceção do bando de terroristas comandado por seu chefe, Johnny, o Mesquinho. Johnny havia lançado uma campanha contra o animal. Dizia que devíamos viver como bons mulçumanos e que nenhum cachorro merecia viver entre nós. O bando de terroristas subia até o bairro Rimbaud. No caminho, massacrava os gatos errantes, importunava os mendigos reunidos diante da mesquita Hadji Dideh. Eles semeavam a desordem por todo o trajeto de dois ou três quilômetros. Depois o bando descia até nosso bairro do Château-d'Eau para metralhar com pedras o pobre cachorro velho deitado em frente à loja de Hadja Khadîdja, cujos dedos longos de aranha me impressionavam. O terrorista-chefe dizia que tinha visto uma reportagem na televisão mostrando como os mulçumanos de Meca escondiam pedras sob suas túnicas brancas. Como eles iam a um lugar no deserto e apedrejavam os lugares por onde Satã havia passado. Quando os lugares satânicos ficavam cobertos de pedras, eles voltavam a andar em torno da grande pedra negra. É comum que colidam, e os mais velhos morrem sufocados. Naquela época, eu me recusava a aceitar a versão de Johnny, mas ele tinha razão num ponto, como fiquei sabendo muito mais tarde. Como é possível que pessoas que chegam em busca da paz do Senhor possam ser eliminadas por vizinhos que também estão em busca da paz do Senhor? Às vezes acho os adultos cada um mais estranho que o outro. Eu não entendia aquele comportamento, mas guardava isso para mim. Não tocava no assunto, Béa, porque corria o risco de levar um tabefe tão forte que descolaria minhas orelhas. Preferia ficar na minha. Não tinha interesse em deixar furibundos meus tios mais estúpidos. É verdade que há certos detalhes que me chamam a atenção nesse papo de peregrinação. O diabo se esconde nos detalhes. Vamos e venhamos, a história me parecia absurda demais. Os peregrinos se organizam para juntar 49 pedras. Nem uma mais, nem uma menos. Quarenta e nove não é um número redondo, no entanto aprendi na escola que os árabes foram os primeiros mulçumanos e, sobretudo, que tinham inventado a álgebra. Vamos admitir que os peregrinos deem um jeito de esconder as 49 pedras sob sua túnica branca. Por que esperar até o dia seguinte para descer até a planície ardente de sol para jogar as 49 pedras, uma depois da outra, nos símbolos de Satã? Isso se chama lapidação. Johnny e seus terroristas seriam então excelentes muçulmanos porque apedrejaram o canídeo na frente de todas as pessoas do bairro, pessoas essas que preferiram olhar para o outro lado com medo de represálias. Eu também fiz como os outros. Os terroristas me conheciam bem por terem me esbofeteado muitas vezes no pátio. E o chefe deles, Johnny, o Safado, havia me passado uma rasteira no primeiro dia de aula. Eu trazia na pele a marca de seu gesto. Meu joelho aleijado, ele. Eu poderia ter perdido um dente ou um olho se Madame Annick ou o diretor não tivessem encerrado o recreio. O mal que me corrói os ossos e fez de mim um doente teria se infiltrado no meu corpo naquele dia. Ninguém havia dito isso. Nenhum diagnóstico fora estabelecido na época. Em primeiro lugar, porque não tínhamos acesso aos cuidados e às condições mais elementares de higiene, como você teve desde o dia em que nasceu, naquele hospital do 12º distrito em Paris. Depois, a morte nos rondava e meus pais consideravam que, atingido ou não pela pólio, eu estava vivo. Ninguém havia feito a relação, existente ou não, entre a queda, o risco de tétano, a vacina protetora e o vírus da poliomielite. Mas, no meu íntimo, eu sempre soube. Mais tarde, alguns adultos lançaram essa hipótese, às vezes sem me dizer. Eu sempre soube e culpava meus pais.

Se antes daquela manhã fatídica eles tivessem me aplicado a vacina DTP, eu não estaria assim.
Mais uma vez três letras, Béa, DTP.
D de difteria, T de tétano, P de pólio.

Minha vida balançou naquele dia.
Primeiro, a rasteira.
Depois a vacina, ou melhor, a ausência de vacina.
E a perna definhando.
Tudo se encadeou muito depressa.
Só me sobraram os olhos para chorar.
Só me sobrou rancor para cultivar.

Desde então eu não soube ou não pude correr. Correr de novo. Correr de verdade. Quando saía em busca de uma revista velha como *Paris Match* e *L'Express*, ou de um velho gibi, tomava minhas precauções. Variava o itinerário para evitar esbarrar em bandidos. Como atrair a atenção de Amina, Filsan ou Samia, que, ao contrário de Ladane, cultivavam o prazer da leitura? E como atrair a atenção delas sem passar pela porta de sua casa ou despertar a suspeita de seus irmãos? O combinado era que eu jogasse pedrinhas na janela do quarto delas. Era um jogo perigoso. Mais de uma vez, algum patife me quebrou a cara ao me confundir com um quebrador de janelas aprendiz. Muitas vezes tive sorte ao esbarrar em adultos que me davam algumas bengaladas no traseiro à guisa de punição. Quando eu confessava a irmãos furiosos que não cobiçava suas irmãs, que só estava atrás de uma nova aventura de

Mickey Mouse ou de uma revista romântica como *Nous Deux*, ninguém parecia acreditar em mim. As agressões se multiplicavam. Eu era obrigado a escapar dançando numa perna só. Imagine, Béa, que mais de uma vez eu caí em cima do cachorro velho sem nome. Eu o reconhecia, o pelo imundo, a corda grossa que ele não trazia mais no pescoço, mas que ficava jogada no seu cantinho, perto da loja de Hadja Khadîdja. Quando eu olhava bem para aquela corda grossa e suja, todo o bairro me parecia sem vida. Uma tarde, eu a peguei, e o velho cão me olhou com ar desanimado. Ele me reconheceu e se absteve de latir. A corda representava nosso pacto. Pouco importa de onde tínhamos saído e como havíamos nos encontrado. O velho cachorro e eu formávamos um casal. Um casal de aleijados, é verdade, mas mesmo assim um casal. Acho que nos aceitávamos como éramos. Nós nos consolávamos quando sofríamos os ataques do bando de Johnny. Vivíamos no meio daquele bairro barulhento onde ninguém prestava atenção em nós. Pior ainda, nos mantinham à distância como leprosos. Hoje tenho certeza de que meu nascimento não trouxe felicidade à minha família. Foi só eu nascer e meu pai beirou a falência e minha mãe começou a dar sinais de agitação. A perda prematura de minha irmãzinha piorou as coisas. Sabe, Béa, quando eu chorava minha mãe entrava num tal estado de pânico que a vontade dela era me jogar no lixo na hora. Anos depois eu soube que meu pai havia recebido a notícia do meu nascimento ao mesmo tempo que ficava sabendo do sumiço de um cliente importante que lhe devia muito dinheiro. O homem deixara o TFAI e seguira para um destino desconhecido. Meu pai escapou por um fio da prisão por contrabando e peculato. Será que era para cobrir esse buraco enorme que meu pai trabalhava mais que de costume e voltava cada vez mais tarde para casa? Eu vigiava o ronronar da sua Solex todas as noites, era minha música de câmara. Eu chorava para poder ficar acordado, e quando afinal ele chegava eu estava tão sem fôlego que não conseguia parar de choramingar. O resto não era culpa minha, as brigas e os rancores diziam respeito apenas aos adultos. Papai e mamãe que conversassem entre si para dizer de que coisas um acusava o outro. A gente briga, sua mãe e eu, mas nunca é muito grave, eles poderiam ter me dito. Na minha cabeça de criança, não era assim tão simples. Eu nunca soube das verdadeiras razões do desentendimento entre meus pais. Devia existir um profundo desajuste desde o início.

O velho cão estava longe de ter dito sua última palavra. E eu começava a pôr palavras nas minhas emoções. Conseguia nomear claramente as coisas, aquelas que com frequência me faltavam, aquelas que eram doces, apaziguantes.

O calor do ventre materno.

O seio da mamãe.

O mingau da noite quando eu ainda estava em seus braços, antes de ela adquirir o hábito de me passar para outra mulher como se eu fosse um pacote incômodo.

A raiva e a impaciência subindo no meu peito quando eu não conseguia mais parar de chorar.

O barulho do extravagante ciclomotor do meu pai, que chegava em casa no meio da noite.

O cheiro de terra molhada depois da primeira chuva. Vovó Cochise se levantando ao nascer do sol, junto com o galo e Ladane.

Desde o dia em que contraí o vírus da pólio, não pude mais correr. No entanto, minha cabeça estava cheia de sonhos. Com sete anos, eu me via caubói, com doze, jogador de futebol, com dezoito, marinheiro. Desenhista de histórias em quadrinhos com 22. E talvez eu fosse novamente caubói com 35, depois de fazer cursos de equitação nos melhores haras. Em resumo, minha cabeça era uma zorra, Béa, e só eu sabia disso. Mamãe Zahra e Papai la Tige não eram os melhores amigos do mundo, você sabe. Zahra respirava melhor quando Papai la Tige não estava por perto. Papai se entorpecia de trabalho e voltava tarde para casa. E não era tudo. Os velhos não se falavam com frequência, exceto quando não podiam evitar. Como quando eu chorava sem motivo e era necessário me fazer calar. Sem motivo? É o que eles diziam. Eles não estavam no meu lugar. Se estivessem no meu lugar, teriam chorado tanto quanto eu, quem sabe mais. As pessoas dizem o tempo todo: "Ponha-se no meu lugar". Só falam da boca para fora. Raramente com o coração. Como eu sei disso, Béa? Bom, nunca ninguém me propôs ficar no meu lugar e me emprestar o dele. Ninguém. Devia existir uma razão para isso. As pessoas deviam se sentir bem no lugar em que estavam. Meu lugar não lhes provocava inveja alguma. Foi isso que pensei na época e é o que penso hoje às vezes. Quando eu ouvia as pessoas dizer: "Entenda, ponha-se no meu lugar", eu seguia o meu caminho. Nem me virava. Não me deixava distrair por essas palavras jogadas ao vento. Para mim, as palavras deveriam guardar todo o seu significado. Postas numa balança, os sentidos delas deviam pesar por inteiro, do contrário estaríamos perdidos. Um dia Moussa Zoio ou alguém gritaria "Fogo!" e ninguém levantaria um dedo para ajudar. E o pobre Moussa Zoio morreria por falta de socorro. As palavras são importantes. Tão importantes quanto a água, a comida ou o ar que você respira, Béa. Nossa vida depende delas.

Nos dias de hoje, as palavras ainda são brinquedos maravilhosos. Os nomes de certas pessoas, de certas plantas, de certos lugares ou de certos animais nos fazem viajar. Certas palavras provocam fúria, outras alegria. Você adora a palavra "ceviche" desde que provou essa receita peruana. Peixe cru, suco de limão e temperos não pareciam agredir seu paladar de adolescente. Eu não conhecia ceviche na sua idade. Outras palavras provocavam minhas papilas gustativas. Eu tinha a impressão de que deixaria meu corpo frágil para me juntar a Ali Babá na sua caverna. Caubói, jogador de futebol, marinheiro, piloto ou desenhista, meus sonhos não eram tão loucos assim. Pelo contrário, eles davam sentido à minha vida. Durante algum tempo, imaginei que eu seria um espírito científico infalível que se apoiaria apenas em palavras sem mentiras, em cálculos ou gráficos já demonstrados. Vou ser entomologista, eu dizia como que me desafiando. O termo me seduziu na hora. Ele designa aquele que coleta os nomes e as fotos de insetos. Em seu grande caderno, o entomologista registra embaixo de cada foto o nome do inseto. Se for rico, ele pode receber insetos de todos os lugares do mundo. Depois pode montar um cadastro e pôr a joia no meio. A joia, para o entomologista, é o inseto em seu escrínio. É preciso cuidar das palavras como o entomologista cuida de seus insetos furados por uma agulha e colados em um grande caderno chamado "herbário".

No meu bairro, não havia nem herbário nem cadastro bem organizado. No meu círculo familiar também não. Minha mãe queria um filho ou filha forte e saudável, o sexo não importava. Papai la Tige queria um menino formidável para inaugurar sua linhagem. Eu não realizei o desejo nem de um nem de outro. Era um enigma, e não o primogênito saudável destinado a um futuro promissor, como eles tanto desejavam.

Nos primeiros sete anos da minha vida, eles rezaram todas as noites para apressar a chegada de um irmãozinho que redimisse o sangue ridicularizado da família. O bairro inteiro redobrava as preces. Essa devoção interesseira não me dizia respeito. Eu sonhava com uma caixa de fósforos para guardar embaixo de todos os meus brinquedos imaginários. Ela ficaria escondida entre o carro de bombeiros vermelho e a flauta do Peter Pan. Um dia ela se pronunciaria abertamente, quero dizer que ela se incendiaria. Ela iluminaria o céu do meu bairro. Os pais tão gentis seriam obrigados a sair correndo, "pernas pra que te quero". Eu adorava essa expressão e me servia dela sempre que possível, para que voltasse ao uso corrente.

Se meus pais rezavam em segredo pela vinda de outro filho, minha tia Dayibo rezava abertamente para ter um ventre arredondado. E por imitação, ou contaminação, comecei a pensar com frequência em Nabi Issa, também chamado de Cristo. Os cadernos do meu tio-avô Aden haviam me instruído sobre o Nazareno. Jesus foi o primeiro a inquietar os adultos, em geral os que estavam em boa forma. Jesus foi humilhado por todos os que se julgavam importantes por causa de seus bens ou de sua descendência. Ele foi até o fim em sua busca, mesmo que ninguém se dispusesse a segui-lo. Desde o início de sua caminhada, as pessoas próximas a Jesus de Nazaré tiveram medo. Elas lhe pediram que pusesse um fim definitivo às palavras confusas, aos sermões e às parábolas que ele espalhava por toda parte. Jesus foi em frente com sua missão. Quanto mais ele pregava, mais as pessoas que o cercavam se preocupavam. Seus amigos lhe deram as costas.

— Você nos decepcionou. Pensávamos que viria um messias e não um charlatão!

Jesus sorriu para eles, Béa, com seu sorriso enigmático. E foi em frente em seu caminho. Sozinho contra todos. Seus amigos o entenderam tempos depois. Quando ele já não estava no meio deles. Procuraram-no em todos os lugares. Em terra firme, nas águas correntes, nas grotas negras de silêncio. E ele apareceu onde menos se esperava. E renovou essa experiência sempre que necessário. Quando presto atenção nos que me cercam, compreendo um pouco o fundo das coisas e dos seres. As pessoas do meu bairro teriam se comportado exatamente como os fariseus. Observar as coisas e as pessoas é a chave de tudo! Quando eu conseguia fazer isso, pequenos milagres se apresentavam. Um dia eu estava brincando com minha caixa de fósforos. Triturava aquelas pequenas tiras de madeira fininhas de cabeça azul-noite. De repente me dei conta de que aquela caixa de fósforos possuía uma espécie de magia. Por fricção, uma chama vermelha e amarela surgiu e devorou a pequena tira de madeira em segundos. A madeira entregou-se ao fogo sem hesitação, inflamando em seguida a mecha do lampião e a cera da vela. A mecha pariu luz e calor. A cera se consumiu em nosso proveito. Jesus também se deu sem cálculo. Os seus só foram entendê-lo bem mais tarde. Se maldisseram por não ter procurado beber as palavras dele, compreender suas fábulas e seus milagres quando da multiplicação dos pães ou na ocasião em que ele se recusou a expulsar a multidão que vinha por ele. Claro que aquela multidão sentia fome e sede. Claro que cinco pães e dois peixes não podiam saciar uma multidão como aquela. No entanto Jesus solucionou o problema. As pessoas beberam e comeram como nunca antes. Beberam e comeram até se fartar, graças a Jesus. E deram àquilo o nome de milagre. Mais de dois mil anos depois, continuam falando em milagre. Mas Jesus não disse nada. Foi em frente em seu caminho. Em todo lugar, semeou a esperança e a alegria.

    A alegria nua.

    A alegria viva.

    Adolescente, eu esperava o pequeno milagre que viria ao meu encontro.

    Ainda hoje o espero.

    À sua maneira, você o espera também, Béa.

    Ele virá.

    Eu sei que virá, ponto final.

Alguma coisa tinha começado a mudar no meu olhar. Não era um milagre surgido do nada. Essa mudança, Béa, eu a obtive depois de milhares de esforços. Com a ajuda de Ladane, me exercitei para tornar minha atenção mais aguda, para me projetar no futuro. Algo mudou nos meus gestos também. Para mim, isso era evidente. Ignoro se os outros também percebiam. Eu sentia cada vez menos necessidade de ficar atrás da minha mãe, de esperar ansiosamente a volta do meu pai. Apenas minha avó permanecia em seu posto. Se alguma coisa me perturbava, ela me acolhia em silêncio. E quando minha boa estrela apontava para a ponta de seu nariz, ela me contava uma história. Uma noite em que eu estava cansado de estragar meus olhos relendo na penumbra uma velha revista em quadrinhos, Béa, ela me deu um belo presente. E fiquei conhecendo uma das mais belas histórias já contadas.

Desde tempos imemoriais, os homens fantasiaram muitas e muitas lendas sobre as três estrelas perfeitamente alinhadas que formam o cinturão de Orion. Elas são azul--safira. Esse trio constitui um ponto de referência para os nômades africanos, e nos dias de hoje, continuou minha avó Cochise, algumas tribos confeccionam pérolas de narrativas para colocá-las no pescoço de Orion. Uma dessas histórias tem certo encanto. É a história de um pequeno pastor que se apaixonou por uma dessas estrelas. Sua vida começou exatamente como a de seus antepassados, que não eram muito diferentes dos nossos, exceto que naquela época os rebanhos de girafas, rinocerontes e elefantes eram tão numerosos que atacavam os acampamentos. Além disso, nosso pastor não era um bom pastor e não havia retido nenhum ensinamento de seus pais. Não tinha talento para a corrida a pé, tão essencial para recolher uma ovelha ou um cordeiro perdido. Péssimo caminhante, se distraía facilmente com os incidentes ocorridos ao longo do caminho. Um riacho que transborda, um acampamento que tarda a ser desmontado ou uma disputa junto a um poço, não era preciso muita coisa para desviá-lo de seu trabalho. Os outros pastores não se furtavam a chamá-lo de mulherzinha. Um dia ele encontrou um homem que voltava da cidade. Havia nele alguma coisa peculiar que o distinguia de todos os outros trovadores que circulam pelas trilhas pedregosas. O homem trazia no bolso esquerdo da túnica uma pequena caixa metálica protegida por um estojo de plástico preto. Ela lhe fazia companhia e ele parecia considerá-la a melhor de suas ovelhas ou um ser semelhante a nós, humanos. Durante dias e semanas, o jovem pastor andou em torno do trovador como uma hiena faminta em torno de sua vítima. Tocado por sua perseverança, o estrangeiro acaba revelando que a caixa preciosa continha o que ele chamava de "a longa visão" e que ele se conectara com a abóboda celeste através unicamente da magia daquele instrumento óptico, ou mais precisamente de sua luneta.

Acrescentou com convicção que o mundo que ele descobria graças à longa visão era o seu, e que ele era o único a conhecê-lo e frequentá-lo sem cruzar com quem quer que fosse. O pequeno pastor tornou-se amigo do homem da longa visão. E, por discutir com ele sobre tudo e sobre nada, o pequeno pastor também se tornou amigo do instrumento óptico. Por vezes o aplicava, também ele, sobre o olho direito. Depois sobre o olho esquerdo. A longa visão era leve, o que o surpreendeu muito. Não tinha ares de grande coisa. Mas, em vez de diminuir a atratividade do instrumento, sua leveza o tornava mais desejável. Ele era de fácil trato, um recém-nascido poderia lidar corretamente com ele. À noite, sob a abóboda celeste de mil estrelas, nada é mais estimulante que esse universo que nos transforma em estrangeiro e parece conter todas as coisas: terras, continentes, oceanos. Depois dessa descoberta, o pastor perdeu, para desespero de sua família, e sobretudo da mãe, o gosto de correr atrás de carneiros e cabras. Determinado a ganhar seu sustento o mais rápido possível, a fim de tranquilizar seus pais nômades, o pequeno pastor tomou o caminho da cidade. Ele havia ruminado sua decisão tal qual um velho camelo que não teme mais a opinião dos outros. No entanto, não ignorava que a tarefa não seria fácil, sobretudo no começo. Mas tinha confiança suficiente em sua boa estrela. E a longa visão confirmou isso. Uma noite ela lhe sussurrou que ele deveria partir para uma cidade onde certamente realizaria coisas muito belas.

E ei-lo em Djibuti.
Vovó Cochise descreveu o trajeto, a parada de algumas semanas em Ali-Sabieh e os tormentos de milhares de jovens do interior que haviam se dirigido à cidade antes dele.
Como eles, o jovem pastor aprendeu a estender seu pedaço de papelão para dormir na frente dos hangares da zona portuária. Durante o dia, carregavam nas costas sacos de mercadoria. Lavavam-se e faziam as necessidades no mar. Estavam tão próximos do ambiente marítimo, que acabaram se esquecendo de sua vida anterior como pastores e nômades. Alguns só comiam a carne de peixe que seus parentes vomitariam imediatamente. Vovó Cochise me garantiu que o pastor apaixonado pelas estrelas veio a ser um grande marinheiro e que fez fortuna com pérolas. Outros tiveram menos sorte. Na Etiópia, era comum raptarem pequenos pastores. Castrados, serviam como eunucos na corte do monarca. Se o nosso pequeno pastor escapara a esse destino sinistro foi porque soube levantar a cabeça para o céu e sonhar grande.

Vovó Cochise sempre contava histórias para me distrair, mas também para me inspirar boas atitudes a adotar na vida. E acertou na mosca! As histórias penetraram na minha cabeça. Eu gostaria tanto que mamãe fizesse o mesmo, mas seria pedir demais a ela. Se minha mãe não dispunha de recursos emocionais para desempenhar corretamente o trabalho de mãe, é porque talvez não tivesse contado com a atenção da própria mãe. Imagino que minha mãe tenha se visto sozinha na maternidade com o primeiro filho, eu, nos braços magros. E se deu conta de que tinha um ser humano sob sua total responsabilidade! Não tendo recebido desde cedo da mãe o amor maternal, minha mãe não havia aprendido a nutrir um bebê tão magricela. Será que teria seios suficientemente volumosos para saciar o esfaimado que acabara de sair de seu ventre? Suponho que minha mãe viu, enfim, que havia um ser humano a seu lado. Foi tomada de pânico. Enfiou a cabeça na areia. Será que instinto maternal se adquire por herança ou é inato, como parecem acreditar certos adultos para se tranquilizar? No que me diz respeito, eu não sabia nada disso. Era apenas uma boca a alimentar, um pequeno ser em busca de carinho e de beijos. Nós demos a você, Béa, esse amor primordial. Em todas as regiões do mundo, um bebê normalmente desejado e concebido tem direito a banhos quentes e massagens feitas pela mãe. Esses cuidados às vezes são assumidos pelas tias, quando a mãe ainda não recuperou as forças depois de um parto difícil ou perigoso, para ela ou para a criança. Uma coisa é certa: vovó Cochise herdou da mãe dela um bom instinto maternal. Ela deve ter conhecido a árvore sob a qual sua placenta foi enterrada cerca de meia hora depois que nasceu. Deve tê-la regado até os sete anos, como queria a tradição. Minha mãe, não. Isso muda tudo, não acha, Béa?

No outono de 1981, minha mãe havia dado à luz uma irmãzinha, Fathia, que lhe restituiu o sorriso. Ossobleh crescia e eu acabara de entrar num colégio novinho em folha. Havia amadurecido, nos três meses de férias escolares. O ciclone destruíra meu bairro, mas nos deixara mais fortes e solidários. Toda vez que eu tentava seguir Ladane, ela apertava o passo, deixando atrás de si nada além de uma nuvem de poeira. Seu joguinho já não me divertia. Aprendi a adivinhar, Béa, o que havia por trás dos silêncios da minha avó, a desembaraçar os fios do tempo suspenso entre as fronteiras do atual e do antigamente. A diferenciar o que observava no meu ambiente e o que descobria num livro. Empurrado pela curiosidade e inflamado pelas histórias de Cochise, consegui atravessar a frágil ponte que ia deste mundo àquele que dizem invisível.

Para agradar minha professora de francês da quarta série, Madame Ellul, eu lia intensamente, em aula e depois da aula. Chegava à escola com múltiplos lápis de ponta bem-feita, à guisa de munição. Madame Ellul compreendeu muito bem meu estado de espírito. Ela gostava das redações que eu compunha, inspiradas em personagens imaginários como Quasímodo, o corcunda; ou em figuras históricas como Cleópatra, cujo formato de nariz mudou a face do mundo. Com o passar das semanas, minha pena ficou alerta. Dali em diante, ela se dedicaria a assuntos da sociedade. Ela deixava o litoral familiar para abordar outras margens do mundo. Passei a encher páginas e mais páginas sobre férias pagas, Gestapo, neve nos Pireneus ou Cannes e Côte d'Azur. A maioria dos meus colegas achava exóticas minhas escolhas de tema. Eles faziam suas redações de qualquer jeito. Eu me empenhava em pôr em prática os conselhos cuidadosos da professora — que todos eles pareciam ter esquecido. Os conselhos da minha professora me são de grande utilidade sempre. Um dia serão úteis para você, tenho certeza, Béa. Vamos lá, vou lhe revelar apenas três:

Respeitar a pontuação e as regras gramaticais.

Alternar frases longas com frases curtas para criar um ritmo.

Usar nossos conhecimentos e, em caso de pane, apelar para a imaginação.

No início do ano letivo, Madame Ellul nos mandou copiar suas instruções, sublinhá-las na cor verde e traçar uma linha em torno das três preciosas frases. A primeira vez que consegui encaixar um parágrafo de "A pequena cabra do sr. Seguin" na minha redação, Madame Ellul me convidou a participar de sua aula na quinta série dialogando com os alunos. Eu estava tão orgulhoso da minha proeza diante daqueles pirralhos, alguns dos quais implicavam comigo fora da classe... As palavras elogiosas da professora ainda ressoavam nos meus ouvidos. Na minha redação, a cabra do sr. Seguin era uma cabra que pastava as caixas de papelão e os fios de plástico do nosso bairro, mas continuava tão travessa e malandra quanto a sua antepassada longínqua. Emocionada, olhos brilhantes, Madame Ellul citou todo o parágrafo inspirado por Alphonse Daudet, cujas obras eu havia descoberto no Centro Cultural Francês Arthur Rimbaud (CCFAR):

... Ah! Como era bela a cabra do sr. Seguin.

Como era bela, com seus olhos de gazela, sua barbicha de cabra indiferente, seus cascos negros e brilhantes, seus chifres pontiagudos, seus pelos hirsutos que lhe davam uma aparência diabólica!

E também dócil, sedutora e sorridente, deixando-se ordenhar sem se mover, sem enfiar o casco na vasilha...

Ela achou minha conclusão pertinente. Combinava com o resto da redação, que se intitulava: Que amor de cabrinha...

Minha reputação ultrapassou o perímetro do colégio de Boulaos. Com minhas redações escolares ocupando grande parte do meu tempo, abandonei as cartas administrativas que escrevia para facilitar a vida dos meus pais. Os vizinhos do bairro não demoraram a entender que eu era uma espécie de escritor público. Um dia eu tinha que redigir uma carta de reclamação para uma tia, no dia seguinte preparar uma missiva inflamada para um amigo que queria conquistar os favores da irmã de um colega meu de classe que havia passado sem maiores dificuldades da escola Château-d'Eau para o colégio de Boulaos como eu.

Encerrado o período de cartas, a mim, a imaginação.

A atenção que Madame Ellul me dedicava foi um grande impulso. A leitura em voz alta que ela fez, a emoção em sua voz e a chispa de fogo em seus olhos castanhos me lançaram para outro universo. Da noite para o dia, me transformei numa celebridade em todo o estabelecimento.

Muitos garotos passaram a procurar minha companhia e algumas garotas me examinavam de uma maneira que me enternecia. Também no bairro, minha reputação era precedida por um rumor envaidecedor. Alimentada pela lenda, ela crescia como a massa do pão esmagada pelos dedos magros do padeiro Hachim. Contava-se que eu sabia dar vida a todos os personagens ilustres. Que o imperador Hailé Sélassié e a rainha de Sabá deviam a mim parte de seu brilho. Que eu podia embalsamar os que jaziam no cemitério d'Ambouli com uma língua francesa suave e sedosa.

Meu sucesso teve seus revezes. Alguns valentões decidiram recorrer aos meus serviços. Eles me mandavam, um ou dois dias antes, o tema da redação que os fizera ter pesadelos. Cabia a mim extrair aquele espinho do pé deles. Em troca, prometeram cuidar da minha segurança naquele ano escolar e no seguinte. Essa solicitude me envaidecia, mesmo que às vezes tivesse que quebrar a cabeça para preencher as folhas de papel quadriculado deles, com espaço duplo entre as linhas. Eles não eram muito exigentes quanto ao conteúdo. Ficavam satisfeitos desde que suas folhas duplas estivessem cobertas por minha caligrafia tortuosa. Eu achava, Béa, que eles eram sensíveis ao tamanho das palavras. Assim que me dei conta dessa preferência por palavras compridas e sonoras, compilei uma lista de advérbios, um mais extenso que o outro. Já desde a introdução, encaixar um "obstinadamente" ou um "desastradamente" me enchia de alegria e confirmava meu estatuto de campeão das letras.

Ao forçar alguns rabiscos para a redação dos chefetes da escola, me aconteceu de ter brancos de escrita. De ficar esperneando na areia movediça sem achar solução para a minha pane de inspiração. Foram dias seguidos andando em círculos. Sabe de uma coisa, Béa? Uma vez mais, a solução surgiu espontaneamente, quando um detalhe chamou minha atenção ao folhear um livro que eu nunca havia aberto. Um livro fino que escapara à minha sede de leitura, ou um grosso e encadernado que talvez dormisse tranquilo numa estante do CCFAR. Em geral o detalhe aparecia no meio de uma nova história. Outras vezes, algum herói de história em quadrinhos de quem eu gostasse especialmente (opa, um advérbio longo!) aparecia para me socorrer. Evitou meu constrangimento e a cólera do chefete, que, por sua vez, prezava sua reputação. Antes de Asterix, Lucky Luke, Tintin e Achille Talon, frequentei outros heróis memoráveis. Durões como Blek le Roc, Rahan ou Tarzan. Eu me inspirava em um episódio extraído de um ou de outro álbum para engrossar a prosa destinada a um dos valentões. Meu método foi se refinando com o tempo. Eu inventava uma história, seguia o fio da minha imaginação e, por fim, dedicava um cuidado especial à última parte. A conclusão? Um pequeno conto com moral derivado do tema da redação e... bingo!

Feito um chef de cozinha, eu reformava a mesma história inventada usando molhos diferentes. Servi a diversos chefetes o mesmo prato reformado. Nos dois últimos anos de colégio, empurrei dezenas de redações a cinco chefetes a um ritmo regular, isso sem contar os infelizes que apareciam tarde da noite na minha casa tentando me comover.

Eles choravam, juravam pela mãe deles que precisavam entregar uma redação no dia seguinte cedo e que haviam passado dias e noites quebrando a cabeça sem conseguir pensar em nada, nem mesmo escrever a primeira frase. Esses infelizes ficavam me dizendo que eu era um cara de sorte. Que as ideias chegavam para mim sem dificuldade, que as frases jorravam dos meus dedos sem esforço. Que bastava eu dedicar cinco minutos do meu tempo e, pela graça de Deus, o texto se faria sozinho. Eu os mandava pastar. Se continuassem a me perturbar, eu só teria uma coisa a fazer: informar seus nomes a um dos chefetes.

Um dia provoquei um incidente escandaloso, de acordo com as palavras do professor que leu e anotou um texto do qual eu era autor. Eu o escrevera para um chefete assustador, de lábios crispados. O bruto era famoso por seus acessos de raiva e por seu TOC. Três letras fáceis de guardar. Transtorno Obsessivo-Compulsivo.

O tema da redação era o perigo da prostituição que atingia nossa cidade e, em particular, alguns ex-alunos, atraídos pela vida alegre e pelo dinheiro fácil. Em vez de adotar um tom duro e reprovador, a redação do chefete acabou assumindo um tom condescendente. Daí a suspeitar que o chefete tinha querido celebrar o vício foi um passo, que o professor quase completou. Com ar de nojo, ele leu o trecho que incriminava o suspeito:

Ah como são belas as moças da minha terra
Tra la la la la
Sim, como são belas as moças da minha terra
Tra la la la la

Nos seus olhos brilha o sol
Das tardes de verão.

Quando o incidente chegou aos ouvidos do diretor, o chefete desencavou dois ou três professores para argumentar que se tratava de ironia, coisa que não combinava em nada com o estilo do chefete. Pode ser que Madame Ellul tenha reconhecido meu estilo, porque ela defendeu minha causa e refrescou a memória do professor obtuso. Ela explicou a ele que a canção de Enrico Macias se referia à Argélia francesa. O chefete foi eximido de culpa. Ele foi à minha casa me informar do veredicto. Chegou acompanhado de uma chusma de moleques. Eu vibrei, Béa, mas disfarçadamente. O chefete apertou minha mão. E aquele momento durou uma eternidade. Ele me explicou que havia ficado muito zangado por ter sido jogado na lama, mas que também estava muito orgulhoso de ter sido inocentado por um júri composto de franceses da França. Garantiu que eu não precisava me preocupar com a minha segurança. Minha reputação estava estabelecida. Eu não tinha mais nada a provar. Encerrado o incidente, reduzi o número de redações que escrevia para os outros. Passei a me dedicar aos meus exercícios de invenção. No fim do ano escolar, recebi meu certificado de conclusão de curso com a menção "Muito bem" e além disso consegui passar nos exames de acesso ao secundário. Quatro chefetes receberam diplomas com a menção "Regular", mas não conseguiram passar para o nível seguinte. Sem diploma, o quinto se alistou no Exército, que recrutava muitos jovens a fim de compensar a saída dos colaboradores franceses. Na época, havia somente um liceu, Béa. Entrar nele mudava a sua vida. Uma vez no liceu, você tinha a sensação de passar a fazer parte de um clube muito seleto. Concluído o liceu, você era parte da elite do país. Podia escolher entre ficar para servir à administração ou ir para a França e virar universitário.

Enquanto esperava a entrada no liceu, eu continuava a ler e a escrever poemas humorísticos. Só para me divertir ou me consolar. Ocupava um pedaço da única mesa da casa. Absorvida pelo bebê, minha mãe já não censurava meu gosto pela leitura e a escrita. Não se preocupava mais com os meus olhos. Ladane continuava levantando pequenas nuvens de poeira em seu rastro. Pela primeira vez na vida, eu sentia que as ruelas do meu bairro eram estreitas, um espaço confinado onde minhas preocupações não saíam do lugar. Passava os fins de semana no CCFAR, a três quilômetros do meu beco. E, nessas ocasiões, devorava as distâncias. Se eu tinha uma perna boba, como diziam, não tinha asas quebradas. E ainda menos um cérebro enferrujado. Havia iniciado uma correspondência com personagens do passado. Se hoje estivesse na mesma situação, teria escrito a Barack Obama e ao papa Francisco. Também teria enviado uma bela carta a sua mamãe Margherita, que devia estar dando seus primeiros passos na escola primária em Milão, a cidade natal dela.

Eu estava, portanto, no seio da elite. Teria podido, depois de dois ou três anos e mesmo sem passar no bac,* candidatar-me ao concurso de admissão à administração dos Correios ou das Alfândegas. Teria podido ajudar minha família. Papai la Tige achava que eu seria professor primário. O salário era decente e havia os três meses de férias, durante os quais eu poderia trocar a canícula de Djibuti pelos maravilhosos ares de Adis Abeba, capital da vizinha Etiópia. Ele havia mencionado para mim o caso de um primo que, em alguns anos, passara de professor a diretor de escola e que depois construíra uma casa de tijolos para seus velhos pais. Na ocasião, registrei o que ele disse, mas depois mudei depressa de assunto.

* Abreviação para "baccalauréat": qualificação acadêmica francesa obtida mediante exame específico no fim dos estudos secundários, e que dá acesso ao ensino superior. Consiste no primeiro grau universitário. (N. T.)

Meu pai não insistira, não fazia seu gênero repetir as coisas. Guardava seus pensamentos para si. Para mim, ele era de ficar amuado sem abrir a boca. Na verdade, tinha outras preocupações no coração. Estava envelhecendo. Atraía doenças como um ímã atrai a ferragem. Diabetes, hipertensão, dores de cabeça, sem contar o estrago que a tuberculose tinha feito em seus brônquios. Nem por isso se queixava ou ficava preso a seu estado de saúde, mas se preocupava por causa da mãe dele, acamada. Toda semana ele ia, por obrigação, à grande prece da sexta-feira, sem o menor ânimo.

Papai la Tige dava a impressão de se mover entre as sombras, de ignorar os incômodos do cotidiano. Minha mãe Zahra se nutria, segundo ela, de tormentos e de permanente inquietude enquanto amamentava uma terceira irmãzinha, chamada Safia. Quando o velho descia outra vez à terra, ironizava quanto ao temperamento dela para melhor neutralizar seus próprios medos. Discreto, secreto mesmo, ele não era do tipo de exibir seus sentimentos. Permanecia digno na frente dos cinco filhos. Anos depois, como eu não conseguia conduzir a velha Solex dele, que Ossobleh dirigia com uma só mão, ele me deu esta pequena lição de vida:

"Não se preocupe, a gente acaba criando automatismos até com as muletas".

Na ausência de automatismos, adquiri segurança. Logo que cheguei ao liceu de Estado, encontrei aliados sólidos entre os estudantes. Minha primeira redação impressionou o corpo docente, como vim a saber mais tarde. Madame Lequellec, minha professora de letras no início do secundário, que conhecia bem Madame Ellul, me convidou a participar do Clube de Leitura. Cenáculo frequentado por francesas e outras europeias, o Clube de Leitura me impressionou desde o primeiro dia. Passamos a ler e a reler, em pequenos grupos de duas ou três pessoas, as narrativas fantásticas de Maupassant e de Edgar Allan Poe. A declamar poemas de Baudelaire, o dândi. A nos aventurar pelos labirintos de *As Mil e uma noites* ou a redigir notas de leitura. A seguir, me dei conta de que podia conversar com aquelas leitoras sofisticadas sem gaguejar. Duas semanas depois, conheci a equipe do jornal do liceu. À guisa de recepção, *Páginas & Plumas* publicou meu primeiro artigo, uma carta imaginária endereçada a Anne Frank.

Querida Anne Frank,
Você estava mergulhada no escuro. Sentia, eu sei, fome e sede. À sua volta, o silêncio, o silêncio, o silêncio. Ao longe, um pequeno barulho perceptível por alguns instantes. Era o vento soprando timidamente. Você esperava que as garras do medo se recolhessem ou desaparecessem sob o efeito crescente da fome.
Recebi sua última mensagem. Chegou-me às mãos sem dificuldade. Vou respondê-la sem demora. De tanto ser acossada, a carne acaba mordendo. Há dias em que o mudo, sob tortura, acaba falando.
Querida Anne, acho que você não faz mais parte deste mundo, mas vou continuar a lhe escrever, pois sua ausência não é razão suficiente para que eu deixe de conversar com você.

E seria indelicadeza da minha parte. Recuso-me a render-me a esse sentimento que não faz parte da minha linguagem. Além disso, como ignorar que você está presente no meu coração? Disseram-me, Anne, que um pequeno museu acaba de adquirir a sua obra mais bem-acabada. Ela traz a marca de seus lábios. Isso tem o efeito de calar a boca dos palpiteiros que duvidavam de seu talento ou até de sua existência; os imbecis ousam tudo! Conheço alguma coisa sobre o assunto. Havia milhares de compradores na sala de vendas, noticiava a imprensa de Amsterdã. E principalmente uma multidão de mulheres ricas, bonitas, com vestidos assinados por grandes estilistas. Elas classificaram o evento como uma data muito especial, contrataram os serviços de um paparazzi que fingiam ignorar em público. Pode apostar que boa parte daquelas mulheres pisava ali naquela sala pela primeira vez.

Do seu amigo, com carinho.

Ao sr. Blanchard, meu professor de filosofia, eu respondia na bucha. Essa disciplina me conquistou da cabeça aos pés. A vida e a morte, a liberdade e a responsabilidade, a felicidade ou sua ausência, nenhum tema me parecia abstrato ou escolástico. Tudo me apaixonava. Acredito, Béa que consegui realmente seduzir o sr. Blanchard e meus colegas de último ano com minha curiosidade e agilidade conceitual. Os estoicos, os hedonistas e os cínicos me faziam companhia. Sócrates, sobretudo, meu novo herói. No meu bairro, evocar o mestre de Platão causava mal-entendidos. Meus ex-colegas de escola trocavam as bolas, pensando nas façanhas de Sócrates, o capitão do time brasileiro de futebol. Muitos aficionados, inclusive eu, conheciam de cor o interminável patronímico do meio-campo brasileiro: Sócrates Brasileiro Sampaio de Souza Vieira de Oliveira. Você entende melhor, Béa, por que todo mundo o designava usando um apelido.

Eu não deveria caçoar dos meus antigos amigos. Eles haviam mudado. Ou era sobretudo eu que havia mudado bastante. À primeira vista não se percebia. Normal. Tudo que é muito pequeno a olho nu, como os micróbios, a gente procura aumentar com a ajuda de instrumentos como o microscópio. Tudo que está longe, como as nuvens ou as estrelas, a gente reduz numa folha de papel milimetrado. Chamamos isso de conhecimento. Passamos anos sentados num banco escolar para adquiri-lo. Na minha adolescência, alguns o obtiveram sem passar pela etapa escola. Outros o assimilaram na rua porque tinham que sobreviver. Porque havia uma família a alimentar. Todos os garotos da minha idade foram retirados muito cedo da escola. Todos tinham, agora, uma família para sustentar. Conheci alguns que foram trabalhar no matadouro. Reencontrava-os transportando carcaças de carne para comerciantes que pagavam em carne. As sobras tinham vendas muito boas nos nossos bairros. Aqueles rapazes, que denominei sobreviventes, tinham uma técnica bem azeitada. De um lado, punham as cabeças e as pernas de carneiro e de cabra; do outro, as cabeças e as pernas de boi. Embrulhavam os dois carregamentos e antes das dez já estavam de volta ao bairro. As donas de casa que haviam feito as encomendas na véspera mandavam suas criadinhas recolherem a carne bem fresca. Nas manhãs em que eu não ia ao liceu, gostava muito de ver as empregadas cortando e desossando a carne. Não era fácil retirar os nervos no primeiro golpe, mesmo com uma faca bem afiada, nem arrancar dos ossos os pedaços de carne.

Eu já não via muito Ladane, que se ocupava, além das

tarefas domésticas, da minha avó agora inválida. Eu passava a maior parte do meu tempo no liceu ou no CCFAR.

Sócrates ou Sócrates, eu não tinha a intenção de caçoar dos meus antigos colegas de classe. Problema deles se confundiam o filósofo da antiguidade com o jogador de futebol nascido em Belém. No passado eles haviam zombado da minha maneira de andar. Preferi me calar diante da ignorância deles, poupá-los das minhas zombarias.

O trajeto de casa ao liceu com frequência era feito de ônibus. Também acontecia de eu ir ao liceu ou voltar para casa a pé, sem interromper minha conversa interior com Cícero ou Marco Aurélio. Os conselhos deles nunca me pareceram muito diferentes dos conselhos da minha avó, que me ensinou a lutar. Sim, realmente foi Cochise quem primeiro me ensinou a não me considerar um doente.
Um deficiente.
Uma vítima.
Quando menino, tive poliomielite.
Não sou mais aquele menino.
Eu não devia nunca mais me deixar definir por essa doença ou por nenhuma outra.

Por que a poliomielite me definiria e não a rinite alérgica, a gripe ou a otite? Aprendi com minha avó que na vida tudo não passa de movimento. Dei-me conta de que Heráclito de Éfeso não dizia outra coisa. Os pontos de convergência não faltavam. E essa não seria minha última surpresa. Com um livro de filosofia na mão, eu atravessava devagar dois ou três bairros até esbarrar nas grades do liceu. No fim da tarde, voltava pelo mesmo caminho. Por que pegar o ônibus, Béa? Sócrates, Rousseau e Kant adoravam andar. Filosofavam andando. Eu os imitava e economizava alguns centavos. Ao chegar em casa, reencontrava Cochise, que definhava diante dos meus olhos. Doía meu coração.

Alguns dias depois, minha avó morreu. Eu temia seu falecimento mais que qualquer outro no mundo. Não, não posso dizer que fui surpreendido. O chão desapareceu sob meus pés, Béa. O suicídio de Sócrates havia me marcado, mas não tocara o fundo do meu coração. Eu nunca tivera os traços de Sócrates impressos na retina. Eu o imaginava tal como ele me parecia, conforme a lenda. Um homem de tamanho médio, pescoço de touro, de túnica branca e com o hábito de interpelar os curiosos em pleno centro de Atenas. A Grécia antiga não ficava ali na esquina. A dor provocada pela perda da minha doce Cochise? Algo totalmente diferente.

    Vovó morreu durante o sono.

    Vovó Cochise não existe mais.

    Para mim, nada será como antes.

Ela havia nascido uns vinte anos depois da inauguração do famoso canal em 1869. O homem que imaginou furar a terra naquele lugar estratégico para ligar o mar Vermelho ao Mediterrâneo era um engenheiro francês. Ferdinand de Lesseps. Eu sabia o nome dele porque era o nome que os franceses haviam dado ao primeiro colégio de TFAI. De acordo com a minha avó, que possuía seu próprio calendário, os trabalhos de renovação do porto de Djibuti datavam do nascimento de seu último filho, morto no parto, e que poderia ter sido meu tio paterno caso Deus lhe tivesse dado a vida. Ninguém falava naquela época, enfatizava minha avó, mas o canal de Suez não foi um sucesso como os jornais de Paris proclamavam. Que progresso era aquele que havia levado centenas de milhares de camponeses a virar carpinteiros e pedreiros? Que progresso era aquele que havia arrancado do mar toneladas de areia? Que progresso era aquele que havia trazido doenças novas, como a disenteria e o cólera? Nenhum antepassado nosso ficou feliz. Nenhum. Pior, assim que o primeiro navio atravessou o novo canal, a rivalidade entre ingleses e franceses estragou o clima festivo. As tropas inglesas expulsaram os otomanos e ocuparam o Egito. Depois, antes do fim da Primeira Guerra Mundial, da qual participaram primos diretos da minha avó Cochise, ingleses e franceses decidiram partilhar a região. Assinaram os acordos de Sykes-Picot. Vovó explicou que o sr. Picot assinou como representante da França e o sr. Sykes como representante da rainha da Inglaterra. Obviamente, esses acordos eram secretos e ninguém devia tocar no assunto, pelo menos na época. E sobretudo nossos antepassados, que eram nômades numa vasta região ao longo do mar Vermelho e até o outro lado, diante do oceano Índico, onde moravam nossos primos da Somália. Vovó Cochise nunca abriu um livro na vida, porque não sabia nem ler nem escrever, mas tinha a memória de elefante dos contadores de histórias do tempo antigo. Tudo o que ela ouviu a vida inteira estava armazenado no seu disco rígido. O dia em que ela partisse por vontade do Senhor ou de Satã seria um drama. Seria como se toda a biblioteca do meu bairro se esvaísse em fumaça. Quando Cochise ouvia uma história, pode ter certeza, Béa, ela ficava cuidadosamente armazenada em seu cérebro.

Agora ela não na era mais que um fiapo de mulher, quase um fantasma.

Um pequeno pacote de ossos, trinta ou 35 quilos mais ou menos.

Ela passaria desapercebida, não fossem seus olhos suplicantes.

Sua voz cavernosa, seu rosto sereno, imóvel, sem expressão.

Sobretudo nada daquele olhar de pombo enlouquecido das pessoas que procuram uma saída, roídas pelo combate interior travado no fundo de suas entranhas.

Um combate escondido dos próximos, mais tenaz que um refrão.

Ela não está mais aqui, e tudo é cinza e triste.

Como prometido também eu contei a você, aos pedaços, as histórias que a minha querida avó me contava.

A história da Costa Francesa dos Somalis, assim como a do Território Francês dos Afars e dos Issas. CFS, TFAI. Essas siglas me acompanharam na infância, mesmo eu sendo muito pequeno para me identificar diretamente com a CFS, que virou TFAI dois anos depois do meu nascimento. Ao lado delas, meu espírito brincava nas grandes pradarias em volta do famoso canal. Meus sonhos de criança eram povoados de governadores, missionários e exploradores franceses como Ferdinand Lesseps e Charles de Foucauld. A paisagem da minha infância era povoada de cruzes de Lorena, de quepes de legionários. Como pano de fundo, a voz do general de Gaulle, assim como a de seus lugares-tenentes, dos quais você nunca ouviu falar e que tinham nomes como Messmer, Malraux, Debré e Peyrefitte. Por muito tempo segui as pegadas de Cochise. Adolescente, adormecia ao som da sua voz sibilante. Gostava de sentir seu cheiro almiscarado quando ela se curvava para soprar a vela. Meu pequeno coração batia forte quando ela prometia me contar o périplo de seus primos, alistados como recrutas ao lado dos peludos* na Primeira Guerra Mundial. Minha condição de criança doente e febril me dava certos privilégios de que eu não pensava abrir mão.

Três semanas depois de vovó Cochise deixar este mundo, obtive meu bac em filosofia. Não consegui a menção "Muito bem" por cinco pontos. E não dei a mínima. Para vencer a tristeza, rememorava minhas noites agarrado às saias de Cochise. Todas as noites da infância e da

---

* Em francês, "poilus". Assim eram designados os soldados da infantaria francesa na Primeira Guerra Mundial. (N. T.)

adolescência eram a mesma embriaguez, a mesma delícia. O mesmo galopar no antigamente. Empolgada pela vontade de narrar, vovó esquecia o tempo que escorria entre nossos dedos. Mal recuperava o fôlego e já estávamos às portas da alvorada. Ela desabava sobre sua esteira de junco e roncava como a motocicleta de seu avô Amine.

Vovó Cochise não estava mais aqui para me tomar nos braços. Não estava mais aqui para me felicitar com seu jeito tosco. Fui para a França prosseguir meus estudos. Minha mala já estava feita desde o fim do verão de 1985. Deixei para trás minha mãe e meus quatro irmãos e irmãs. Deixei Papai la Tige tossindo convulsivamente e com lágrimas nos olhos. O eco cavernoso de seus acessos de tosse me assombrou por muito tempo. E parti abandonando todas as lembranças de meu bairro. Fui egoísta. Queria salvar a minha pele. Deixei tudo para trás, Béa. Disse a todos eles: "Tchau, tchau, tchau!".

Nunca dormi tão bem como na semana em que cheguei à França. Era um sono precioso, mas que também tinha seu preço. Nos primeiros dias não saí incólume da cama, como se partes de mim continuassem presas ao visgo do sono. Como se meu cérebro estagnasse, macerando na bruma, ignorando o lugar onde se encontrava. Era setembro, os dias mais longos desorganizavam minha bússola interna, ajustada de acordo com a ronda solar que no Djibuti encerra sua marcha antes das seis da tarde. Por cinco dias, flutuei numa indolência acolchoada, de onde só conseguia me arrancar para logo em seguida voltar para o mesmo lugar. Meus membros se moviam com lentidão; as palavras me faltavam, as sensações também. Eu dispensava as refeições de bom grado. Mais de uma vez perdi o horário do restaurante universitário. Só me restava ir catar iogurtes e bananas nas prateleiras do armazém mais próximo de minha residência universitária.

Meu quarto de estudante em Mont-Saint-Aignan era limpo, modesto, semelhante aos outros. Dava para um jardim cercado por campos de futebol e quadras de tênis. A temperança que caracteriza o clima normando, úmido e oceânico, desorganizava meu relógio biológico. Alguns dias ou semanas depois, consegui me aclimatar. E me lancei à vida frenética dos estudantes, indo do anfiteatro para o restaurante universitário, da residência universitária para as quadras esportivas. Em Djibuti, os estudantes conheciam, por procuração, os ritos e o ritmo daquela agitação. Semanas antes de viajar para Rouen, eu havia estudado tudo aquilo em detalhe. E não estava decepcionado. A harmonia de vilarejo de Mont-Saint-Aignan me acolheu. Fora o charme pitoresco da cidade velha, o resto da paisagem me deu a impressão de ser uma savana verdejante riscada por trilhos e fios elétricos de alta tensão na qual os amantes de uma noite gostariam de se esconder.

Pela primeira vez na vida eu tinha um quarto só para mim. Enclausurado naquele quarto, eu me refugiava no sonho e em seu corolário, a leitura. E, como se fosse um jogo, comecei a registrar meus pensamentos no papel. Escrevia, sobretudo à noite, quando a cidade estava silenciosa. Escrever era uma obrigação, uma maneira quase biológica de respirar, de viver por procuração, o que eu imaginava que estava acontecendo tanto em Rouen como em Djibuti. Eu ia de um período a outro, de uma margem a outra, sem esforço aparente. Deslizando pelos meandros da imaginação até a madrugada, tonto de sono.

Além da cama e de um pequeno lavabo, havia no meu quarto rústico uma mesa de trabalho para mim e para mim apenas. Sob seu tampo, duas gavetas. A gaveta da direita recebia apresentações e trabalhos a serem submetidos aos professores. A da esquerda, meus escritos pessoais. Durante o dia eu cuidava do meu hemisfério direito. À noite, me enfiava nos recônditos do meu hemisfério esquerdo. Quando uma ideia martelava minha cabeça durante semanas, eu sabia que ela estava merecendo um pequeno abrigo nas minhas divagações noturnas. Hoje eu sei, Béa, que ao recobrir aqueles papéis com a minha letra eu estava em busca de um terreno onde construir a casa dos meus sonhos. Criava narrativas para me cumular de tudo o que não se pode deixar de ter. Tudo de que eu já era órfão. Eu havia deixado um país e pessoas próximas. Havia rompido sobretudo com minha infância. À noite, lágrimas escorriam contra a minha vontade só de me lembrar dos sons do meu quarteirão no bairro do Château-d'Eau.

Eu estava repassando minhas aulas para os exames de fim de ano que contavam para o DEUG,* quando fiquei sabendo da terrível notícia. Os pulmões carcomidos do meu pai não haviam cessado de funcionar, como eu temia; em compensação, Ladane se suicidara. No meu país, as mulheres acuadas pela infelicidade dão cabo da vida da pior maneira: pelo fogo. Ladane cometera o irreparável. Ninguém havia podido salvá-la. Eu estava sem notícias dela desde minha partida, havia mais de dois anos. Ignorava o que tinha sido feito dela, Béa. Teria sido estuprada em alguma viela obscura por uma horda de legionários bêbados? Seus pais a teriam jogado nos braços de algum velho, chefe de várias famílias? Será que ela havia sido traída por um príncipe encantado de segunda? Nunca cheguei a saber de que maneira a infelicidade se apresentara a Ladane, a empregada.

* Diploma de Estudos Universitários Gerais. (N. T.)

Ninguém hasteará por ela a bandeira do casamento. Esse costume, que não existe mais nos vilarejos e oásis do interior do meu país, era o sonho secreto de todas as moças desde que as casamenteiras rarearam. Escolhia-se uma bandeira vermelha quando a prometida tinha menos de vinte anos, azul quando tinha menos de trinta e amarela a partir daí. O tempo da bandeira vermelha era o da despreocupação. O lábaro azul era sinônimo de impaciência misturada com inquietude. Com o estandarte amarelo, a moça se agarrava a fios de esperança. Havia sempre algum elemento específico nessa última zona de espera. Nas noites de Lua cheia, firmavam-se pactos com os djins. Nos conclaves místicos, as mulheres cantavam árias dolorosas ao ritmo do tamborim. A preparação dos amuletos, a magia dos lampiões de petróleo, os talismãs de couro de cabra enterrados nas casas e destinados a "abrir" o útero das mulheres que haviam permanecido estéreis, toda essa balbúrdia de crenças, Ladane não conheceria. Não experimentaria as fórmulas capazes de restaurar o ardor amoroso dos maridos, devolvendo-os às esposas excisadas desde a adolescência. Não rezaria para que seu ventre se arredondasse ou para precipitar sua progenitura no mundo invisível dos antepassados que dormiam no santuário à beira da cidade. Não murcharia como minha tia Dayibo, que multiplicava suas consultas a cartomantes para invariavelmente ouvir a previsão de um acontecimento feliz. Seu lar explodirá, prognosticava a adivinha, com os gritos de alegria de um pirralho bochechudo.

    Eu nunca soube, Béa, o que levara Ladane a pôr fim à própria vida. Ela estava com 21 anos. Se eu fosse escultor, teria modelado a silhueta de Ladane. Ela teria um balde na mão direita, uma criança nas costas, uma trouxa na cabeça. Estaria grávida de sete meses. Teria um monte de filhos que lhe dariam outras crianças. Seria centenária.

O nome que eles me deram foi Jack Lang.
   Os estudantes do Djibuti, tanto os que eu frequentava em Rouen como aqueles com quem eu cruzava em Paris, não tinham perdido nada de seu humor mordaz. Bem depressa eles me arrumaram um apelido ao mesmo tempo lisonjeiro e cáustico. Por um lado, reconheciam minhas tendências literárias e artísticas. O brilhante ministro da Cultura de François Mitterrand não se tornara aos olhos de todos, na França e no estrangeiro, o melhor embaixador da cultura e da língua francesas? Por outro lado, graças a um jogo de palavras translinguístico e sabiamente dosado, sublinhavam minha diferença: *langaareh*, na minha língua materna, o somali, significa manco. Esse sou eu: artista e manco.
   O apelido me acompanhou quando deixei os bancos da faculdade. Casado, pai de dois garotos, eu era professor durante o dia e escritor à noite. Meus antigos amigos me

viam de quando em quando. Me ouviam falar de meus livros na rádio ou na tevê. A evidência saltava aos olhos, eu me tornara um animal estranho. Uma silhueta, um nome. Livros. Viagens. Não há dúvida, pensavam, eu não era mais como eles. Tornara-me outro. Merecia aquele apelido, eles se felicitavam por tê-lo inventado.

Portanto, Jack Lang.
E às vezes simplesmente Jack.
Eu não tinha escolha.
Aceitei essa nova roupagem
filosoficamente.
E também com orgulho.
Havia me tornado um camaleão,
daqui e de além.
Andando e dançando,
dançando e divertindo a plateia,
um estranho animal.
Jano inspirado e imprevisível,
cada vez mais irrequieto.
Africano num dia e francês no dia seguinte.
E ainda por cima normando.

Portanto, Jack Lang.
Jack, o brilhante; Jack, o manco.
Melhor ainda, a escrita: minha pátria.
Meus livros: meu passaporte.
Labuta diurna, labor noturno.
A caneta rasgou as máscaras que encobriam minha silhueta.

Soltei minhas amarras.
Nada mais me deteria.

Conheci sua mãe Margherita seis anos antes de você nascer. Foi em Roma, a cidade dos amores eternos. Eu havia acabado de fazer quarenta anos. Estava em forma e havia escrito vários romances. Sua mãe, Béa, era tão bonita que parecia que havia saído diretamente de um quadro de Rafael; mas não se preocupe, ela continua tão esplêndida quanto no primeiro dia. Eu estava iniciando o circuito promocional do meu quarto romance traduzido para a língua de Dante. Antes de ir a Bolonha e Turim, tinha um encontro com a imprensa e depois faria uma leitura pública como parte de uma série de encontros intitulada "Ler a África".

Meu encontro com Margherita ocorreu numa minúscula livraria dedicada às literaturas e às artes do continente africano que sua mãe tivera a boa ideia de criar com o apoio de algumas amigas. Você me dirá que já sabe de tudo isso, Béa. Mas sua *mamma* não pôde ou não soube lhe dizer que por trás do pretexto artístico da Libreria Ebano se ocultava outra razão mais prosaica: dar uma ocupação a Carlotta, sua futura avó, aposentada havia pouco e com grande predisposição para a melancolia. Carlotta se queixava da vida em Roma, muito estressante para o seu gosto. Sabe, ela não estava errada. Discutir com um motorista de táxi é suficiente para acabar com a reputação da cidade papal. Mil anedotas sobre os romanos circulam na Itália. Elas ridicularizam aqueles falastrões impacientes e grosseiros. Tudo é motivo de riso em se tratando de romanos, a começar pela sujeira. Minha piada preferida tem jeito de enigma. Sua versão literal:

O que é mais inútil que um lixeiro em Roma? Einstein no país dos charlatões. A partir daí as piadas se encadeiam como pérolas num colar. Quem é mais devoto que um romano? Ora, outro romano.

Por fim Carlotta acabou trocando Roma por Milão, cidade natal de Margherita. A gente vai lá sempre que possível. Desde que você era bem pequena, temos viajado muito, para que seus gostos e sua curiosidade possam entrar em contato com a diversidade e os mistérios do mundo. Desde cedo, demos a você um espírito vagabundo. Está lembrada de David e Abigail, aquele casal de pesquisadores de Boston que se hospedou lá em casa quando você tinha cinco ou seis anos? Você se apegou demais a eles. Logo no primeiro dia, fez um charme danado. Ficaram cúmplices em pouco tempo. Assim que eles puseram as malas no chão, você os encheu de perguntas sobre o país de onde vinham, sobre os costumes deles, seus hábitos alimentares.

Há pessoas, Béa, que ficam sensibilizadas com a realidade dos outros, com a maneira como falam, com o jeito como se comportam ou acendem um cigarro. E há outras que observam o mundo com um olhar descomprometido. Não há dúvida de que você faz parte do primeiro grupo. Você acolheu muito bem nossos amigos americanos. Mostrou-se animada e brincalhona como quando suas amigas vinham dormir aqui em casa. Às vezes eles se calavam porque não sabiam o que responder. Quando você perguntou se eles tinham me visto andar de bicicleta nas ruas de Boston, onde eu havia morado por um ano logo depois de conhecer sua mãe, fez-se um silêncio de pedra. Você notou o desconforto do casal. E voltou *diretto* ao ataque, como se nada tivesse acontecido. Os americanos são muito delicados, sobretudo com crianças. Eles passaram a semana inteira ouvindo suas perguntas com atenção, soprando para você as palavras em inglês que faltavam no seu vocabulário de menininha levada. Sua mãe e eu registramos a consternação do casal. Da cozinha, Margherita se esforçava para ouvir discretamente, enquanto descascava suculentos tomates sicilianos. E eu não queria me meter na conversa de vocês. Contentava-me com meu papel de anfitrião em primeiro lugar e, depois, de guia. Fazia questão de levar os americanos aos novos lugares parisienses, de Saint-Ouen aos terrenos baldios de Bercy. Devo admitir que você me surpreendeu. Nem por um segundo imaginei que fosse interrogá-los sobre meus dotes de ciclista. Você queria saber se eles tinham me visto pedalar nos subúrbios de Boston. Posso lhe fornecer a resposta que Abigail e Dave não conseguiram lhe dar. A resposta é não. Aos cinco anos, você não tinha como perceber as implicações da sua pergunta. Sua curiosidade era natural. Além disso, você nunca tinha me visto numa bicicleta ou numa mobilete. Nem numa pista de esqui. Agora já sabe a resposta. Não, ainda não sei andar de bicicleta e jamais tive coragem de me aventurar sobre um skate. A poliomielite que enfraqueceu minha perna direita quando eu tinha sete anos me proíbe todas essas práticas. Ela ainda me deixou de brinde este andar gingado. Não sei andar de bicicleta. Mas adoro dançar. Quando era estudante em Rouen, às vezes ficava balançando em frente à janela do hall da residência universitária com um pente plantado no meu cabelo afro. Sacudia os quadris, pouco me importando com os olhares em volta, ao ritmo do lamento pesado de Otis Redding ou dos miados de Michael Jackson.

Sim, adoro dançar.
Então eu danço.
Eu danço até quando ando.
Sem premeditação.
É uma segunda natureza.
É a minha assinatura.

Durante três noites, Abigail, Dave e eu exploramos boates e shows musicais. Na última noite, antes de eles irem para o aeroporto de Logan de madrugada, nossa programação foi um luxo. Numa barcaça transformada em boate noturna, tivemos o privilégio de admirar lindas mulheres longilíneas desfilando diante de nós. Cada uma mais bonita que a outra, equilibrando-se em sapatos de gueixa que lhes davam um porte de íbis sobre molas. Falo em íbis, Béa, porque você adora esse pássaro majestoso desde que, quando criança, o descobriu no zoológico de Vincennes. Depois que a barcaça encerrou as atividades, pegamos um táxi para uma última rodada numa pista de dança. E aí dançamos mais e mais, como garotos bagunceiros deixando a escola no último dia do ano escolar. No meio da multidão, pedidos de desculpa eram inúteis, de tanto que a música eletrônica encobria todos os outros sons e isolava o salão do bairro da Bastilha de tudo o que o cercava. Stromae nem precisou nos convidar para dançar. Assim que reconhecemos as primeiras notas de seu sucesso "Alors on danse", nos jogamos na pista e não saímos mais dali.

Nenhuma necessidade de estímulo.
Eu danço andando.
Eu ando dançando.
Isso já dura 38 anos.
Aceitei totalmente meu andar gingado.
Eu me acho, utilizando a afirmação de Stromae, maravilhoso.
Maravilhoso e, sobretudo, nada lamentável.

No meio da multidão, eu só tinha olhos para a coreografia de Stromae. Conhecia cada passo, cada mímica, cada requebro do maestro, metade ruandês, metade flamengo. E uma última confidência para você, Béa. Dois ou três anos antes eu havia encontrado Stromae no Rio; depois mantivemos uma curta relação epistolar que todo mundo consideraria prestigiosa para mim. Stromae fez a gentileza de me enviar de Bruxelas um cartão-convite. Esse artista fantástico é um homem de palavra. Ele havia prometido que me convidaria assim que voltasse para Paris. E havia cumprido o que prometera.

Os olhares das gazelas não tinham efeito algum sobre meus amigos e eu. Estávamos ali para suar sangue e água, dançar até de manhãzinha. Não sei se Stromae nos viu. Dançamos como loucos, meu pequeno grupo e eu. Nosso fervor havia se multiplicado quando Stromae perguntou à multidão que música queria ouvir. Como se fosse uma só pessoa, a plateia gritou: "Papaoutai". Essa música funciona como um talismã. Abre os corações, reúne pais e filhos. Naturalmente o público entoou a canção *a cappella*. Todo mundo sabia a letra. Eu sei, Béa, que você também adora essa canção. Sempre que eu estava viajando, você a cantava para mim pelo Skype. Dançando na pista, estimulado ou não pelo Stromae, pensei em você, meu tesouro. Eu tinha você na pele, minha gatinha!

Onde está seu papai?
Me diga onde está seu papai?
Mesmo sem falar com ele
Ele sabe o que não vai bem.
Viva o papai!

Eu estava louco de alegria, berrando com aquele público quentíssimo. David e Abigail também estavam no céu. Aplaudimos tanto que nossas mãos ficaram dormentes por bastante tempo depois que a música acabou.

De repente pensei nos meus pais. Os traços da minha mãe ficaram nítidos na minha retina, como uma fotografia se revelando. Acho que ela me encorajava a aplaudir entusiasticamente. Hierático, meu pai permanecia em silêncio, olhando para mim com seus olhos desbotados de velhinho. Nosso intercâmbio não verbal se prolongou, ganhou consistência. Ao lado dele, reconheci minha avó Cochise e minha tia em conciliábulo. Elas me abençoavam, acho. Afastada, Ladane também estava ali. Luminosa. Piscou um olho para mim, depois me enviou um buquê de ondas positivas, para usar uma de suas expressões prediletas. Pena que Margherita e você não tenham podido testemunhar minha emoção naquele instante. Vocês duas dormiam a sono solto. Margherita em posição fetal e você cercada de seus amores da época: dois elefantes de orelhas obamescas.

Dancei uma sarabanda com meus pais.
O amor deles dissolveu meu velho temor.
Por quatro décadas o medo montou guarda a meu lado.
Estava na hora de ele me soltar.
E agora solto as amarras.
Que o fluxo da vida me leve.
Não sou mais o manco.
O magrelo.
O choramingas.
Sou um novo Aden que sorri com todos os seus dentes.
Firme em suas botas de sete léguas.
Uma perna mais equilibrada no chão que a outra, não importa.
Ninguém repara nesse detalhe quando eu mesmo consigo colocá-lo em segundo plano.
Eu danço andando.
Eu ando dançando.
Então eu danço.
Então a gente dança.
A gente dança, a gente dança.

Ao voltar para casa, de manhãzinha, tomamos precauções de sioux para não acordar vocês. No banheiro, pela última vez convoquei minhas velhas amigas que tanto me acalentaram durante a infância. Refiro-me à febre, à dor, à raiva, à tristeza e a todas as sensações nas quais eu me jogava como um mergulhador em busca de destroços de naufrágios. Tomei-as em meus braços vigorosos. Embalei-as uma última vez, com doçura. E lhes disse com firmeza: "Escutem, a ronda de vocês chegou ao fim. Me esqueçam. E agora, se retirem!". Naquele momento, agi como Dorothy, a pequena heroína de *O Mágico de Oz*. Você se lembra da história da turminha da Dorothy, que segue por uma estrada de tijolos amarelos para chegar à Cidade das Esmeraldas? E quando eles cruzam o portão, lá dentro veem aquele monstro terrível, que na verdade é apenas um cara escondido atrás de uma cortina? Para mim também, às vésperas dos meus quarenta anos, a verdade se escancarou e eu me dei conta de que minhas angústias, fúrias e raivas não tinham mais consistência do que aquele pobre-diabo que, atrás da cortina, havia aterrorizado Dorothy e seus amigos.

Depois da minha longa noite de gritos, saltos, twists, passinhos e pulos no meio dos frequentadores enlouquecidos do salão, eu me sentia completamente em forma. E no dia seguinte, domingo, calcei meu tênis e percorri o bairro a uma velocidade nem lenta nem rápida. As únicas pessoas que encontrei exibiam o logotipo da limpeza pública de Paris. Empoleiradas em caminhonetes verde-brilhantes, limpavam os detritos da calçada com jatos fortes de água. Tive um sincero sentimento de gratidão, Béa, por aqueles homens que despertavam com a aurora para assegurar nosso conforto e higiene. Recuperei o fôlego na esquina do bulevar Magenta. Inspirei fundo e de repente odores de pão e amêndoa grelhada excitaram minhas narinas e em seguida meus neurônios. A padaria da rua Saint-Laurent acabava de abrir as portas e de receber o primeiro cliente. Croissants e baguetes debaixo do braço, retomei meu caminho. Agora em passo rápido. Quando entrei em casa, você dormia. E quando saí do banheiro, barbeado, vestido e perfumado, você ainda dormia. Eu havia deixado os croissants e o pão na mesa da cozinha. Sobretudo não fazer barulho. David e Abigail já tinham ido *diretto* para o aeroporto. Li o bilhete de despedida que eles deixaram. Sentei-me com um copo grande de água na mão, tentando recuperar minhas referências. Estava com a cabeça revirada. Um som contínuo de baixo ecoava lá dentro. Sentia dores nas costas. Imagens surgiam em bloco. As piruetas e os requebrados na companhia de Stromae, as pernas bem coladas ao chão ou francamente no ar. Seus refrões martelavam meu crânio.

Tomei meu café da manhã em silêncio, preocupado em não fazer o menor barulho com a louça. Seu sono é muito precioso para mim, Béa, embora sua mãe, Margherita, pareça às vezes duvidar. Ela afirma que eu sempre faço mais barulho que um elefante numa loja de porcelanas.

Em seguida, peguei o metrô, direção Bastilha. Pode ficar tranquila, Béa, não fui dançar de novo. A sala devia estar fechada e os integrantes do grupo de Stromae deviam estar roncando em algum lugar, num hotel para vips. Fui para o meu salão de massagem tailandesa. Com dedos ágeis, as massagistas esfregaram minhas costas, meu peito, minhas pernas e até os ossos do meu crânio. Elas me lembram vovó Cochise, embora sorriam pouco. O riso da minha avó me faz falta. Ele era uma cascata de água fresca que ao mesmo tempo me alegrava e me aliviava. Sempre desejei prolongar minhas conversas sozinho com sua bisavó, aproveitar as histórias e máximas dela, tão cheias de sabedoria. Uma vez na penumbra do salão, não consegui reprimir esse pensamento. As massagistas me fizeram pensar na minha ancestral. Elas dominam com a ponta dos dedos a arte de despertar o sangue adormecido, a ponto de dar-lhe o peso do mercúrio. Quando saí do salão, estava feliz. Feliz e em paz. Uma paz interior que dava para sentir do exterior. Se rememorei meu passado, se comecei a percorrer pela última vez as vielas da minha infância, foi para partilhar com você meu ontem e seu fardo de interrogações e angústias. Espero que você esteja tão apaziguada quanto eu. Quando eu também ficar velho, gostaria que você me contasse em pormenores seus medos da infância. Gostaria de ostentar uma cabeça de velho sábio e sereno.

Gostaria de ter a fronte devastada pelas rugas que tinha a minha avó,
   o corpo seco do meu pai,
   a pele enrugada da Mamãe de pernas curtas,

impregnadas da sensualidade transmitida pelas pedras das ruas das velhas cidades,

escorregadias de tanto serem polidas pelos passos apressados dos peregrinos,

passos ágeis,

passos vivos,

passos dançantes, Béa, claro que sim.

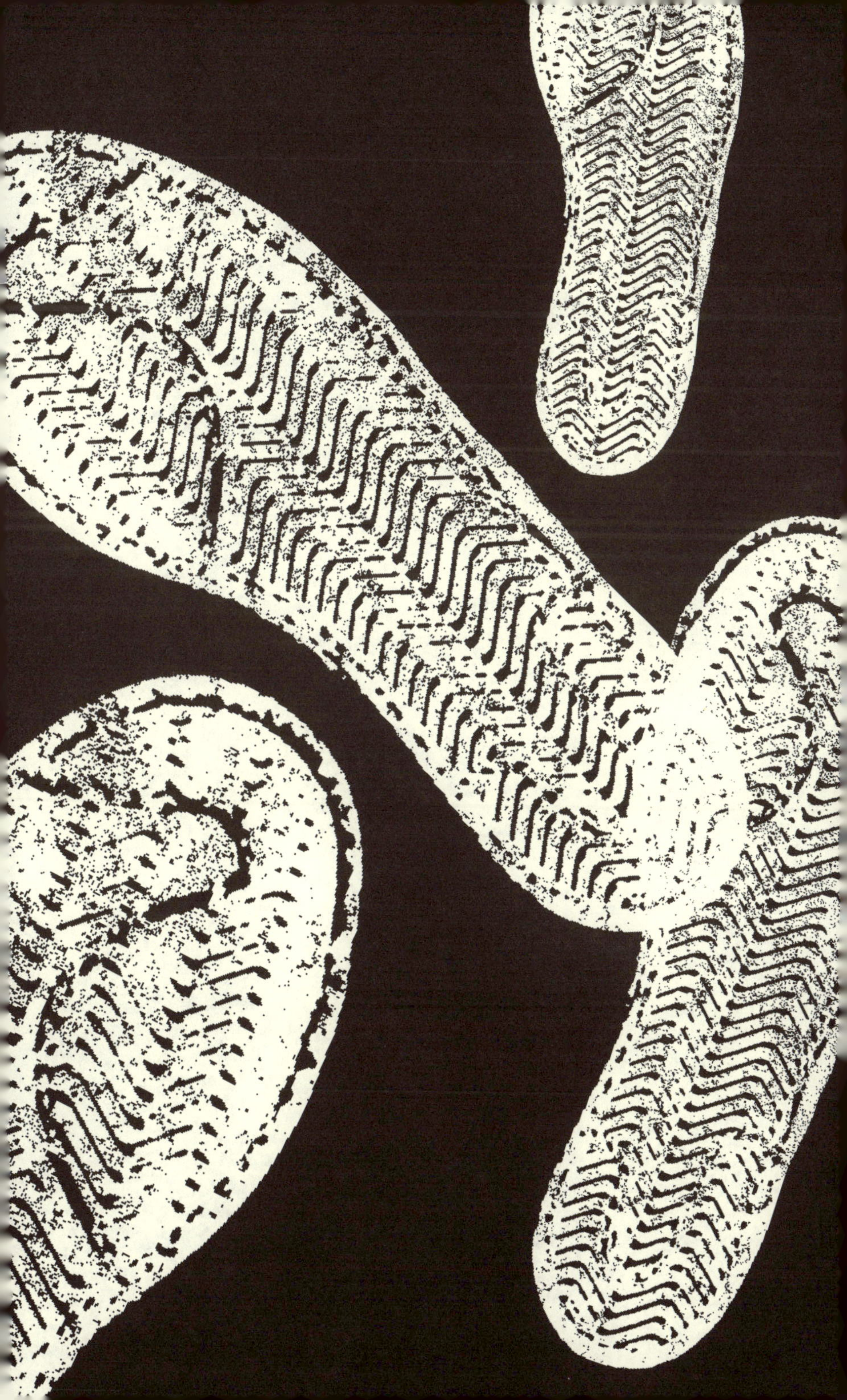

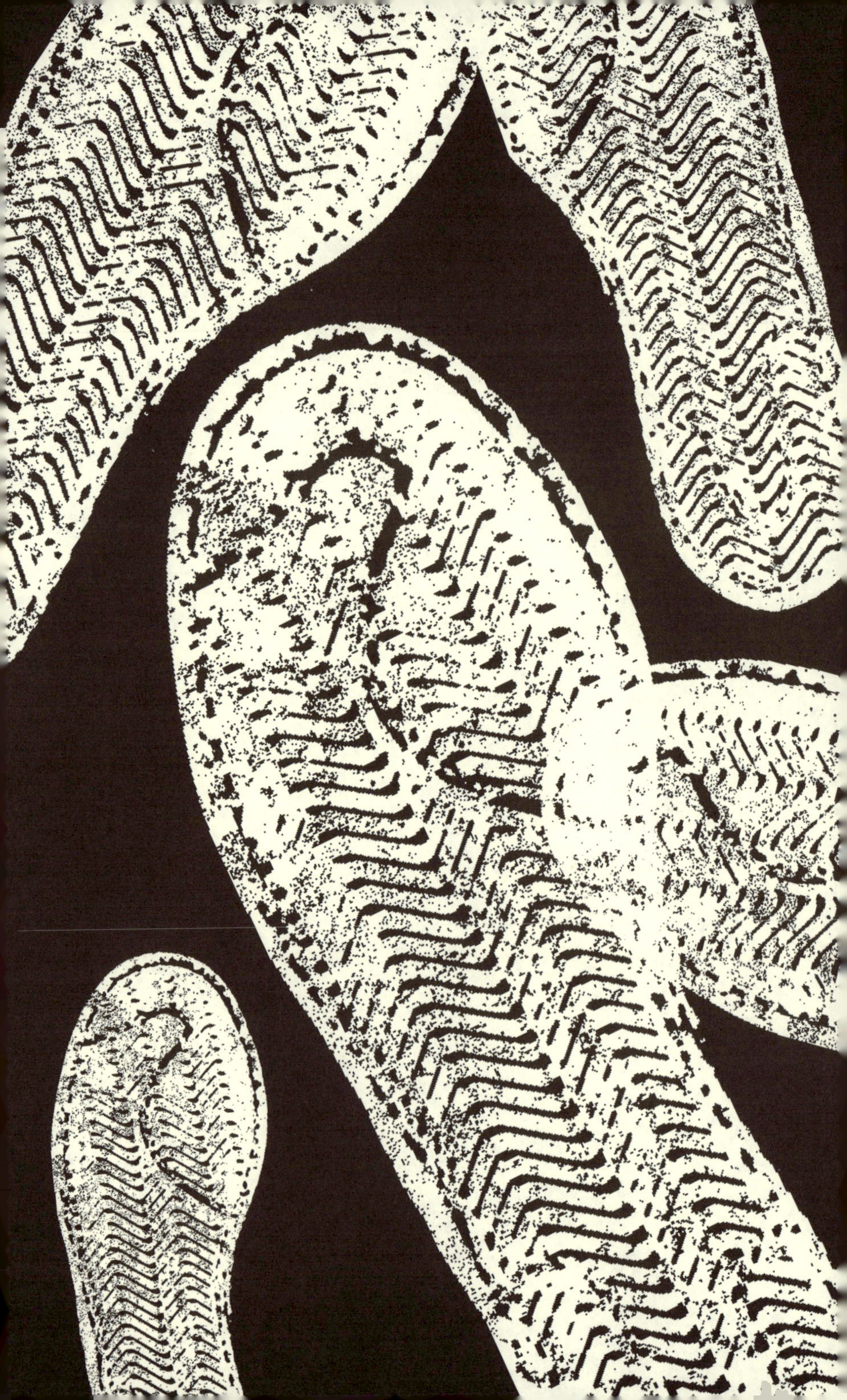

Agradecimentos

Dirijo meus afetuosos agradecimentos às mulheres que souberam me dar carinho durante os dias sombrios ou luminosos da infância.
E dirijo meus mais efusivos agradecimentos aos corrimãos de escada dos edifícios, do metrô e de outros lugares.
Sem esquecer as escadas rolantes.
E os elevadores.

Dados internacionais de Catalogação na Publicação (CIP)

W112p

    Waberi, Abdourahman A., 1965-
    Por que você dança quando anda? / Abdourahman A. Waberi ; tradutor: José Almino. – 1. ed. – Rio de Janeiro : Tabla, 2021.
    188 p. ; 21 cm

    Tradução de: Pourquoi tu danses quand tu marches?

    ISBN 978-65-86824-27-8

    1. Djibuti - Ficção. I. Almino, José II. Título.

    CDD 843.914

Roberta Maria de O. V. da Costa — Bibliotecária CRB-7 5587

Título original
Pourquoi tu danses quand tu marches?

© Éditions Jean-Claude Lattès, 2019

Cet ouvrage a bénéficié du soutien des Programmes
d'aides à la publication de l'Institut Français.
Este livro contou com o apoio à publicação do Institut Français.

INSTITUT FRANÇAIS

AMBASSADE
DE FRANCE
AU BRÉSIL
*Liberté
Égalité
Fraternité*

edição
Heloisa Jahn

coordenação editorial
Laura Di Pietro

preparação
Ciça Caropreso

revisão
Livia Lima

capa, projeto gráfico e diagramação
Marcelo Pereira | Tecnopop

Este livro atende às normas do Novo Acordo
Ortográfico em vigor desde janeiro de 2009.

[2021]

Todos os direitos desta edição reservados à
Editora Roça Nova Ltda.
+55 21 997860747
editora@editoratabla.com.br
www.editoratabla.com.br

ESTE LIVRO FOI COMPOSTO EM WARNOCK, FONTE CRIADA
POR ROBERT SLIMBACK, E IMPRESSO PELA GRÁFICA VOZES
EM PAPEL PÓLEN SOFT 80G/M² EM NOVEMBRO DE 2021.